LA SVITTE ET LE MARIAGE DV CID
TRAGI-COMEDIE

A PARIS,
Chez TOVSSAINCT QVINET, au Palais sous la montée de la Cour des Aydes.

M. DC. XXXVIII.

A MADAME LA DVCHESSE DE LORRAINE.

MADAME,

Apres qu'il c'est treuué des personnes mortes pour auoir connu seulement leurs maladies, & quelques autres qui sont tombées d'vn lieu eleué par la seule crainte qu'elles auoient de leur chutte; i'ay si peur de n'agreer pas à vôtre ALTESSE, par l'offre que ie luy fais de cet ouurage, qu'il semble que l'effet ait des-ja suiui mon apprehension. Ie sçai bien Madame que comme il y a des vices où la fuitte est meilleure que la resistance, on voit aussi des vertus que le silẽce exprime plus maiestueusement que les paroles; & la nature a fait sortir de sa main des beautez que toutes les bouches de la Renommée ne peuuent publier sans corrompre quelque chose de leur grace. Il est Madame des perfections de vôtre ALTESSE, comme des choses sainctes dont on ne doit approcher qu'auec vne crainte religieuse; & s'en proposer le recit, c'est vouloir chercher vne ocupation bien iuste, mais qui demande vne longue vie, & vn esprit aussi grand & aussi noble que son suiet. L'illustre maison dont vous estes sortie n'est pas la seule chose qui vous rend recommandable, vos bontez font vne partie de cette estime, & toutes ses qualitez qui laissent de la honte à vôtre sexe, & de l'admiration au nôtre en font l'accomplissement. I'eusse bien souhaitté de ne vous offrir pas si peu que ie vous offre, & ie crains que ce present qui est vne marque de mon indigence, en soit encore vne de ma temerité?

Mais i'ai forcé toutes ſortes de conſiderations, i'ay voulu eſtre temeraire; & i'ay crû que la hõte eſtoit vn crime lors qu'elle nous empeſchoit d'aprocher de la vertu. Il y a certains pechez pour leſquels Dieu & les hommes n'ont point fait de chaſtiment; peut-eſtre Madame que celuy que ie fais eſt de cette nature, & qu'en tout cas vous aurez aſſez de bonté pour me le pardonner quand vous ſçaurés que ma paſſion eſt pluſtoſt aueugle que mon choix. Et ſi vn Empereur a dit autrefois qu'aucun ne s'en deuoit retourner triſte apres auoir parlé à vn Prince: ie me tiens le plus glorieux homme du monde d'auoir parlé à vne des vertueuſes Princeſſes de nôtre temps, & de luy auoir fait agreer les proteſtations que ie fais d'eſtre eternellement,

MADAME,

De ſon ALTESSE

Son tres-humble & tres-obeïſſant ſeruiteur
C. Cheureau

PRIVILEGE DV ROY.

LOVIS PAR LA GRACE DE DIEV, Roy de France Et de Nauarre. A nos amez & feaux Conseillers les gens tenans nos Cours de Parlemens Maistres des Requestes ordinaires de nostre Hostel, Baillifs, Seneschaux, Preuosts, leurs Lieutenans : & à tous autres de nos Iusticiers & Officiers qu'il appartiendra, Salut. Nostre cher & bien amé TOVSSAINCT QVINET, Marchand Libraire de nostre bonne ville de Paris, nous a fait remostrer qu'il desireroit faire imprimer vne Tragicomedie intitulée, *La suitte & Le Mariage du Cid*, ce qu'il ne peut faire sās auoir sur ce nos lettres, Humblement nous requerant icelles, A ces causes, desirant traicter fauorablemēt ledit Exposant, nous luy auons permis & permettons par ses presentes de faire imprimer, vendre & debiter en tous les lieux de nostre obeyssance ledit liure, en telles marges, en tels caracteres, & autant de fois que bon luy semblera, durant l'espace de dix ans entiers & accomplis, à compter du iour qu'il sera acheué d'imprimer pour la premiere fois. Et faisons tres-expresses deffenses à toutes personnes de quelque qualité & condition qu'elles soient, de l'imprimer, faire imprimer, vendre ny debiter durant ledit temps, en aucun lieu de nostre obeyssance, sans le consentement de l'Exposant, sous pretexte d'augmentation, correction, changement de tiltre, fausses marques, ou autres : en quelque sorte & maniere que ce soit : A peine de trois mil liures d'amende, payables sans deport: & nonobstant oppositions ou appellations quelconques ; par chacun des contreuenans: applicable vn tiers à Nous, vn tiers, à l'Hostel-Dieu de nostre bonne ville de Paris: & l'autre tiers audit Exposant : confiscation des exemplaires contrefaits, & de tous despens dommages & interests. A conditiō qu'il sera mis deux exemplaires en blanc dudit liure en nostre Bibliothecque publique, & vn en celle de nostre tres-cher & feal, le sieur SEGVIER, Cheualier Chancelier de France, auant que de les exposer en vente, à peine de nullité des presentes: du contenu desquelles nous vous mandons que vous fassiez iouïr & vser plainement & paisiblement ledit Exposant & tous ceux qui auront droict de luy, sans qu'il leur soit donné aucun trouble ny empeschement. Voulons aussi qu'en mettant au commencement, ou à la fin dudit liure vn Extraict des presentes, elles soient tenuës pour deuëment signifiées, & que foy y soit adioustée, & aux copies collationnées par l'vn de nos amez & feaux Conseillers & Secretaires, comme à l'original Mandons au premier nostre Huissier ou Sergent sur ce requis, de faire pour l'expedition des presentes, tous exploits necessaires, sans demander autre permission: CAR tel est nostre plaisir. Nonobstant. Clameur de Haro, Chartres Normande, & autres Lettres à ce contraires. DONNE' à Paris le dernier iour de Iuillet l'an de grace mil six cens trente-sept. Et de nostre regne le vingt-huictiesme Par le Roy en son Conseil.

DEMONCEAVX.

Et scellé du grand sceau de cire iaune.

Acheué d'imprimer pour la premiere fois, le dernier Octobre 1637.

Les exemplaires ont esté fournis.

ARGVMENT DV PREMIER ACTE.

Rodrigue obligé de partir pour combatre les Mores, dit adieu à Chimene & ressent en son ame vne tristesse si grande de ce depart, qu'il ne se console que dans l'esperance qu'il a de la treuuer constante dans son amour, & de triompher de ses ennemis. L'Infante qui par complésance auoit autre fois donné Rodrigue à Chimene, se treuue reduitte à la necessité de faire voir son cœur à Leonor sa gouuernante, & ne fait plus scrupule de luy declarer qu'elle brule pour Rodrigue; & que les considerations de sa naissance, la touchent moins que sa passion. Quelque effort que fasse Leonor pour l'en diuertir, elle se promet tout à son aduantage: & demeure dans la resolution de ne rien espargner pour son repos: Chimene apres le depart de Rodrigue combatuë des ressentimens de l'honneur & de l'amour, se treuue estonnée, & ne sçait encore si elle doit plus à la mort de son pere & à la pitié, qu'à la foy qu'elle auoit iurée à son Amant: Neantmoins par quelques douces violences qu'elle se fait, elle ne peut oublier ce dernier, & consent presque par force à poursuiure le premier dessein qu'elle auoit pour luy.

ACTEVRS.

RODRIGVE, amoureux de Chimene.

CHIMENE.

D. VRRAQVE, Infante.

LEONOR, gouuernante & confidente de l'Infante.

ELVIRE, Demoiselle de Chimene.

D. FERNAND, Roy de Castille.

D. ARIAS, Gentilhomme de Castille.

D. DIEGVE, Pere de Rodrigue.

D. SANCHE, amoureux de Chimene.

D. ALONSE, Gentil-homme de Castille.

LA SVITTE ET LE MARIAGE DV CID

ACTE PREMIER

D. RODRIGVE, CHIMENE, L'INFANTE, LEONOR, ELVIRE.

SCENE PREMIERE

D. RODRIGVE. CHIMENE.

D. RODRIGVE.

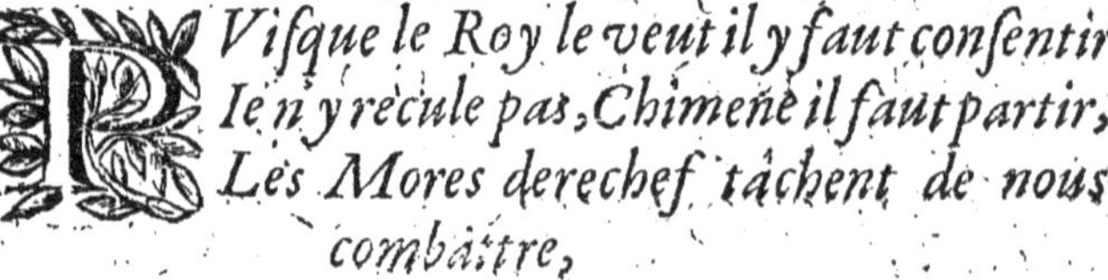

Visque le Roy le veut il y faut consentir
Ie n'y recule pas, Chimene il faut partir,
Les Mores derechef tâchent de nous combâtre,

Mais il faut emploier ces mains à les abatre ;
Et montrer s'il se peut que ie suis genereux,
Et prudent à l'egal que ie suis amoureux.
Il faut suiuant l'ardeur que cét âge me donne,
Dessus leur sepulture assurer la couronne,
Etoufer leur orgueil, rabatre leurs efforts,
Et qu'vn seul bras de mer engloutisse leurs corps ;
C'est en vain, c'est en vain que le More s'assemble,
Ou s'ils sont tous vnis, c'est qu'ils mourront ensemble.

CHIMENE.

Ces Hydres iustes Dieux nous affligent toûiours,
Leurs projets & mes maux ont presque vn méme cours.
D'vne teste coupée il en renait vne autre,
Ils n'ont point de dessein que pour finir le nôtre.
Je ne sçai quel demon fait naitre leur orgueil,
Ils ne font plus de vœux que pour nôtre cercueil ;
Auiourd'hui l'insolence est iointe à leur courage,
Leur generosité va iusques à la rage,
Ils font mille projets, dont ils viennent à bout,
Et ces desesperez font des armes de tout.

D. RODRIGVE.

Ne mettez point leur mort ny la mienne en balance,

Iugez de leur foiblesse & voyez ma vaillance;
Ne craignez point pour moi; vos cris sont superflus
Esperez seulement & ne vous plaignez plus.

CHIMENE.

Quoy vous ne voulez pas qu'auiourd'huy ie me plaigne,
Ah Rodrigue! sçachez qu'il faut bien que ie craigne,
Que ie verse des pleurs; puis que vôtre valeur
Commençant vôtre gloire a causé mon malheur,
Helas! si dans l'abord ie fus si bien deceuë,
N'ai-ie pas bien raison d'en soupçonner l'issuë?
Et si i'ay soupiré dans le commencement
Que ne ferai-ie point dedans l'euenement?
O Ciel! ce point d'honneur reuient dans ma memoire
Combattant pour l'honneur vous eûtes la victoire;
Le méme point d'honneur mit mon pere au cercueil,
Vous en eûtes la gloire & i'en porte le düeil.

D. RODRIGVE.

Esperez vn beau iour apres tant de tenebres,

Vous quitterez bien tôt tous ces habits funebres,
Perdez le souuenir de ces ressentimens
Ayez à mon suiet de meilleurs mouuemens.

CHIMENE.

Helas i'y tâche assez ! mais en vain ie l'essaye
Vous sçauez que le sang sort encor de ma playe,
Que mille empechemens combatent mon amour,
Et qu'en fin le deuoir veut regner à son tour:
Mais Rodrigue, pour vous mon amour le surmonte
Et c'est pourquoy ce dueil m'en fait rougir de honte!
Aussi.

D. RODRIGVE

Madame vn mot! songez à cette fois
Qu'il faut pour mon repos oublier mes exploits,
Voir les extremitez ou mon ame est rangée,
Ne vous estimer pas ingratte ny vangée
Mais me voir à vos pieds, & non pas au combat,
Me traitter en amant & non pas en soldat.

CHIMENE.

Adieu Rodrigue adieu, mon pere m'épouuante

Au moment que ie veux me dire ton amante :
Je sors ie n'en puis plus.

D. RODRIGVE.

Est-ce la cét adieu?
Vous changez de dessein quand vous changez de lieu.
Non, non, consolez vous, que ces yeux pleins de flâme
Malgré ces habits noirs qui vont troublant vôtre ame,
Et malgré ce deuoir qui creuse mon tombeau
Soient du moins dispensez de répandre de l'eau.

CHIMENE.

Rodrigue voulez vous que ie sois insensible
Dans vn mal aparent ou plustôt si visible?
Que parmy les dangers où preside la mort
Ie n'apprehende pas les caprices du sort?
Ie voy mon pere mort, on surprend ma patrie,
Cependant vôtre esprit ne veut pas que ie crie;
Vous combatrez bien tôt pour defendre le Roy
Et vous ne voulez pas que ie craigne pour moi?
Laissez moi mediter sur ce malheur extréme,
Cherchez vôtre ennemi qui vous craint & vous aime:

Vous ſerez aſſuré d'en eſtre le vainqueur
S'il ne reſiſte pas plus long-temps que mon cœur.

D. RODRIGVE.

Vit-on iamais amant traitté de cette ſorte!
Dieux l'amour me retient lors que l'honneur m'emporte.
Le More doit bien voir ſon tourment adouci,
Sentira-t'il mon cœur ſi ie le laiſſe ici?
Si mon cœur auiourd'hui fait ſa plus grande peine
Chimene le retient, qu'il craigne donc Chimene
Mais tout preſſe Rodrigue; à quoi bon diſcourir,
Medite les moiens de le faire mourir,
Porte pour le punir tes effroiables armes,
Va répandre à ſes pieds du ſang au lieu de larmes,
Il t'a nommé ſon Cid pour marquer ton bon-heur,
Sois donc encor ſon Cid puis que Cid eſt ſeigneur.
De leurs corps entaſſez va faire des montagnes,
Fais rougir de leur ſang les plus proches campagnes,
Qu'ils beniſſent viuans leur ſacrificateur,
En vn mot qu'en mourans ils aiment leur vainqueur.

SCENE DEVXIESME

L'INFANTE, LEONOR,

L'INFANTE.

L*Eonor ceſt en vain que ie me veux contraindre*
Autrefois ie bruſlai, mais ie n'ozai me plaindre,
Ou ſi ie ſoûpirai, c'eſt ſi ſecretement
Qu'a peine a-t'on connu mon aimable tourment,
I'auois celé mon feu, mais l'excez de ma flâme,
A paru dans mes yeux auſſi bien qu'en mon ame.
Cent fois i'ay fait parêtre vne feinte froideur
Pour cacher finement ma veritable ardeur,
Mais en fin le reſpect auec ſa tyrannie.
N'a point donné de borne a ma peine infinie.
Non, non, il n'eſt plus temps de le diſſimuler,

Ie crains, i'ayme, i'adore, & ie me sens bruler.
Rodrigue.

LEONOR.

C'est assez, la chose est manifeste
Et ce nom seulement me fait iuger du reste.
Mais à quoi songez vous; pensez à vôtre rang.

L'INFANTE.

Ne me propose point mon sceptre ni mon sang,
Confirme les desseins que sa vertu me donne,
Ne me fais pas porter les yeux sur la couronne,
Donne moi pour me plaire vn meilleur entretien
Car s'il ne la possede il la merite bien.
Son bras ferme & fidelle a sauué sa patrie,
Vn chacun le regarde auec idolatrie,
Ie lui dois mon salut, & tu ne permets pas
Que pour moi son merite ait de si doux apas.

LEONOR.

Ie l'aduouë il est vrai; ses vertus ont des charmes,
Mais vous ne deuez pas en répandre des larmes.
Qu'il vous ait pour maistresse, & qu'il lui soit permis
De triompher de vous comme des ennemis,
Qu'vn excez de bonté, ternisse vôtre gloire?
Qu'vn sceptre soit le prix d'vne telle victoire?

Qu'il ſoit à l'auenir dans le nombre des Rois?
Qu'eleué ſur vn thrône il vous faſſe des loix?
Qu'il reuere les yeux de la fille du Comte?
Qu'il faſſe ſa fortune en faiſant vôtre honte?
Madame vn tel éclat dont il pourroit iouïr
Le pourroit aueugler, ou du moins l'éblouïr.

L'INFANTE.

Quand il aura fini l'entrepriſe du More,
Je l'aimerai ſans doute à l'égal qu'il m'honore,
Je veux le receuoir en mes bras triomphant.

LEONOR.

Ne croyez pas l'amour, puis que c'eſt vn enfant,
Mais croyez Leonor, & s'il vous eſt poſſible
Que ſes premiers exploits vous treuuent moins ſenſible,
Si ce n'eſt que ſon cœur qui vous va deceuant,
Vous pouuez l'eſtimer ſans aller plus auant,
Donner à ſa valeur d'exceſſiues loüanges,
Parler par fois de lui comme on parle des Anges:
Mais Madame apres tout eſt-on forcé d'aimer,
Ce qu'on eſt bien ſouuent obligé d'eſtimer?
J'eſtime des bontez dont ie hay les perſonnes,
Et quelquefois des Rois, dont i'aime les couronnes.

B

L'INFANTE.

Lors que tu sentiras vn feu comme le mien,
Tu pourras reuerer vn cœur comme le sien.
Tu ne peux pas sçauoir comme le sort me braue,
Tu parles comme libre, & ie parle en esclaue;
Ie ne dispose plus de mes bons sentimens,
L'amour sçait empescher mes plus sains mouuemens.
Neantmoins ie souscris à mon desauantage,
Si i'ai de la raison, ie n'en ai pas l'vsage;
Mais quand bien je l'aurois, ah ie ne voudrois pas
Qu'il m'empeschat d'aimer ses aimables apas.
Témoigne moins d'ardeur & moins de diligence:
Ie sçai que tu n'es pas de mon intelligence;
Que mon sang, Leonor, le respect & l'honneur
Oposent leurs conseils au cours de mon bon-heur;
Que ie descends du rang dans lequel ie suis née,
Et que ie me trahis par vn tel Hymenée:
Mais seule je me crois, ce deuoir m'est suspect,
Et mon amour l'emporte au dessus du respect.
Ce n'est condition, ni titre qui m'irrite,
S'il n'est Roi de naissance, il l'est bien de merite,
Et s'il ne regne pas aiant tant combatu,
C'est manque de bon-heur, & non pas de vertu.

Au reste s'en est fait, quoi que tu me conseilles,
Quelque iuste raison qui frappe mes oreilles,
Et quelque dure loi qu'on me puisse imposer,
Pour lui plère une fois ie pourrai tout oser.
Mais pour des ennemis i'en ai beaucoup en teste,
Vn principalement empesche ma conqueste,
Il me glace les sens quand il doit m'échaufer,
Il ne combat iamés, mais il sçait triompher,
Son visage & son port me donnent de la pène,
Il blesse de ses yeux, en vn mot c'est Chimene.

LEONOR.

Puisque cette Chimene est tant à redouter,
Vous ferez vôtre bien en daignant m'écouter.

L'INFANTE.

Pour en venir à bout, il faut vn peu d'amorce,
L'adresse fera tout au defaut de la force.
I'ai beaucoup de moiens de lui donner la loi,
Puisque le desespoir s'entend auecque moi:
Les poisons & le sang, le fer, les precipices
Me rendent à la fin toutes choses propices:
En fin l'inuention m'aportera ce bien,
L'esprit agit souuent, où la main ne peut rien.

LEONOR.

Pardonnez si ie dis que vôtre ame est troublée.

L'INFANTE.

Ma fiebvre, Leonor, est aussi redoublée,
Ce nom le plus souuant me fait fremir d'hor-
reur,
Et change en vn moment mon amour en fureur:
Sers-moi donc, Leonor, & que ta confidence
Ne mette pas vn iour ma flame en euidence:
Si tu me veux seruir que ce soit sans regret;
Et tiens pour m'obliger ce mistere secret.
Mais premier promets-moi de te montrer fi-
delle,
Au point que d'apreuuer vne flâme si belle;
Ie ne t'oblige en rien, si tu me veux rauir
Ta seule afection t'oblige à me seruir.

LEONOR.

Quoi.

L'INFANTE.

Ne propose rien, fais tout en asûrance;
Et pour me donner tout, donne moy l'esperance.

LEONOR.

Je n'y recule plus, le ſort en eſt ietté;
Madame eſperez tout de ma fidélité.

L'INFANTE.

Tu ſçauras mon deſſein, tache donc de le ſuiure,
Tu peux bien m'obliger me pouuant faire viure.

SCENE TROISIESME

CHIMENE, ELVIRE.

CHIMENE.

AI-je bien du ſujet de me plaindre du ſort,
Doi-je pas ſoupirer au milieu de la mort?
Eluire tu me vois, & tu connois ma peine,
Les hommes ont iuré la perte de Chimene,
Et les Dieux dans ce mal qui rend mes ſens confus,

M'aimeront seulement quand ie ne serai plus,
J'espere en mon Amant, mais l'ombre de mon
pere
En s'offrant à mes yeux ne veut pas que i'espere,
Et presentant son sang me semble reprocher,
Le crime que ie fais, & que ie tiens si cher,
De deux extremitez mon ame est combatuë:
Cét Amant me fait viure, & cette ombre me
tuë,
Les cendres de mon pere éteignent tous mes feux,
Son sang me fait rougir, & condamne mes vœux
Rodrigue d'autre part me témoignant sa flame
Vient me resusciter, & rassurer mon ame,
Et me fait confesser dans ce douteux mal-heur
Que pechant de la sorte il pecha par honneur,
Que dedans nostre Hymen tout nous sera pro-
spere,
Que ses pleurs ont payé tout le sang de mon pere,
Que ce mal-heur present ne ce peut soulager,
Ou qu'vn bien auenir m'en doit bien tôt vanger:
Il a receu ma foi dans la même iournée,
Qu'on deuoit celebrer vn si iuste Hymenée,
Et que cét accident si iuste & si nouueau
L'arrachant de mon lit mit mon pere au tom-
beau.

ELVIRE.

C'est inutilement vous ofrir vn remede,
Puis qu'on n'en treuue point au mal qui vous possede.
Les conseils, les plus forts seroient hors de saison,
Esperez moins de moi que de vôtre raison,
Vous auez témoigné quelque efort de constance,
Alors que vôtre amour fit tant de resistance,
Et qu'entre le deuoir & l'ardente amitié
Vous manquâtes d'vn coup de flame & de pitié.

CHIMENE.

Cette mort n'ût pas fait ma plus grãde allegeance.
I'ai souhaité ma vie en cherchant ma vengeance,
I'us peur de son trépas quand ie l'us medité.
Il apercut ma haine & ma fidelité,
Ie mis pour quelque temps l'vne & l'autre en balance,
Et quand elle a panché c'est à la violence.
J'excusai sa valeur quand ie la condannai,
Ie le retins pourtant quand ie l'abandonnai,
Voiant son esperance & son ame abatüe,
Ié voulu seulement le banir de ma veue:
Mais mõ cœur, quoy qu'il fut touché de son forfait
Ne pût pas s'empescher d'en garder le portrait.

ELVIRE.

Sans doute que vos ſens ont perdu leur vſage,
Banir l'original dont vous gardez l'image,
Adorer la perſonne & deteſter le bras,
Montrer de la douceur à qui n'en montra pas,
Entreprendre ſa perte, & tout d'vn coup la craindre,
C'eſt ce qui vous afflige & ce qui me fait plaindre,

CHIMENE.

Tu rens par ce diſcours tous mes ſens interdits,
Eluire i'en ai fait bien plus que tu ne dis,
Ie demandai ſa mort, i'y cherchai des obſtacles,
Mais ce Dieu que ie ſers fait bien d'autres miracles,
Ie formai ce deſſein, ie voulu l'étoufer,
Et ie voulu combatre, & non pas triompher.
Iuge par ce recit ſi ma douleur eſt vraie,
Regarde ma premiere & ma derniere plaie.

ELIVRE.

Il eſt vrai ie vous plains, & cette afection
Eſt bien digne de blâme & de compaſſion:
Ie ne puis ſans raiſon deſauoüer ſon crime,
Et ie n'oſe auoüer voſtre amour legitime.

On

On ne peut condanner vôtre efet ni le sien,
Puis qu'il ne fit pas mal, & que vous faites bien,
Ne cherchant pas la mort, il viuoit dans la honte,
Et pour vanger son pere il a tué le Comte.
L'amour qui vous ioignoit parut dans vôtre sein,
Et l'honneur seulement inspira son dessein:
Si bien que balançant son droit auec le vôtre,
L'honneur fit pecher l'vn, l'amour fit pecher l'autre,
Et dans le triste état qu'on vous treuue auiourdui,
Et l'amour & l'honneur causent tout vôtre ennui.

CHIMENE.

Du moins éforce toy de soulager Chimene,
Puis qu'on ne treuue point de remede à sa pêne:
Tache à me consoler en me voiant perir,
Et diminuë vn mal qu'on ne peut pas guerir.
Ne te ressouuiens plus de ce mal-heur funeste,
Puis qu'il m'est trop sensible, & qu'il t'est manifeste
Pour vn cruel tourment qu'on veut dissimuler,
Sçache que le meilleur est de n'en point parler.
Mais tu confesseras que Rodrigue a des charmes,
Contre qui la raison n'a pas de fortes armes:
Qu'on se defend tres-mal quand il attaque bien,
Qu'on ne voit point d'esprit qui soit semblable au sien,

Qu'il a des qualitez à tenter vn barbare,
Que sa fortune est belle, & sa vertu tres-rare.

ELVIRE.

Oui cette verité se doit bien auoüer,
Mais vous en pouuez bien parler sans le loüer.
A la Cour, en Castille, ou bien dedans l'armée ;
Laissez-en seulement parler la renommée,
Aimez-le s'il se peut tout autant que les Dieux,
Mais en le louãt moins vous ferez vn peu mieux,
Ne soiez pas d'abord si facile à vous rendre,
Cachez pour quelque tẽps vôtre feu sous la cêdre,
Et le temps expiré l'excez de cette amour,
Qui gêne vostre esprit peut éclatter au iour.

CHIMENE.

Eluire ce peut-il que mon cœur dissimule ?
Qu'on me treuue de glace au moment que ie brûle,
Que i'augmente par là tant de tourmens soufers?
Et qu'on me pense libre au milieu de mes fers ?
Allons, dedans l'état malheureux où nous sommes
Ie crains les Dieux pour moi, pour Rodrigue les hommes.
Verroi-je bien perir presque dans vn moment
Mon païs, mon honneur, mon pere, & mon Amãt!

Fin du premier acte.

ARGVMENT DV SECOND ACTE.

ARIAS par la priere de Rodrigue, & par la necessité, est contraint d'aller aduertir Dom Fernand du mal-heur où les Mores les ont reduits; & lui dit que sans son assistance il est bien mal-aisé d'esperer quelque chose à son aduantage. D. Fernand croiant des-ja tout perdu, renuoie vn renfort; & se console dans l'esperance que lui donne D. Diegue de la fidelité, & de la valeur de Rodrigue. Comme cette nouuelle fut bien tôt épanduë, l'Infante se seruit de l'ocasion, & pria Leonor de persuader à Chimene la mort de Rodrigue, croiant par cette feinte la porter au desespoir, & s'imaginant que son dessein reüssiroit par ce moien dans le premier qu'elle auoit fait de posseder

Rodrigue, D. Sancho cependant amoureux de Chimene, non contant d'auoir éprouué la valeur & la courtesie de Rodrigue, fait de nouueaux projets pour cette beauté, & malgré le deuoir & toutes les ciuilitez que lui defendoit cette amour, se propose de l'aimer encore, Chimene tremble à la veuë de Leonor, pasme à la nouuelle de la mort de Rodrigue, & cherche tous les moiens de mourir estant seule, n'estimant pas honneste de suruiure à la perte de son pere & de son Amant.

ACTE II

LE ROY, D. ARIAS, D. DIEGVE, L'INFANTE, LEONOR, D. SANCHE, CHIMENE, ELVIRE

SCENE PREMIERE

D. ARIAS, LE ROY, D. DIEGVE.

D. ARIAS.

IL est vrai que nos gens n'ont pas eu l'aduantage,
Nous auons tout perdu, si ce n'est le courage;
Mais puis que le paßé ne peut pas reuenir,
Que vôtre Majesté donne ordre à l'aduenir.

LE ROY.

Comment donc, Arias, la bataille est perduë?
Nous faisons maintenant des desseins dans la nuë,
Les astres auiourd'hui nous sont iniurieux,
Et tout nôtre secours ne dépend que des Dieux?
Qu'à d'étranges mal-heurs la fortune me range!
Que i'épreuue auiourd'huy son caprice & son change!
Et que les plus grands Rois comparez aux bergers
Epreuuent d'acidens, & courent de dangers!
Qu'vn sceptre est odieux à qui le sçait connêtre,
Et que qui n'est point Roy doit bien craindre de l'estre!
Le throne où mes sujets m'ont veu souuent monté,
A parler sainement n'est qu'vne vanité.
Les couronnes, l'honneur, les thresors, les Prouinces,
Les triomphes, la gloire, & l'ornement des Princes;
En vn mot ce qui peut leur donner des jaloux
N'est rien qu'vn faux éclat qui les aueugle tous;
Les Rois sont haut montez, & c'est par là possible,
Si peu qu'ils puissent choir, que leur chutte est horrible,
Et tu voi cependant qu'ils ont mille trauaux,

Et pour de faux plêsirs de veritables maux,
Que ceux-là sont heureux qui se peuuent connêtre!
Mais cent fois plus heureux ceux qui n'ont point eu l'estre.

D. ARIAS.

C'est en vain que ie fais des efors pour parler,
Dans vn si grand mal-heur peut-on vous consoler?
Vous pouuez témoigner qu'autre-fois i'us des termes,
Dont le poids a rendu des esprits assez fermes:
Mais dans le triste état où nous reduit le sort,
Ie ne me resous plus moy-méme qu'à la mort.

LE ROY.

L'vsage dés long-temps m'a fait assez parêtre,
Qu'il faut du moins finir qu'on ne peut toûiours estre,
Et qu'en fin nôtre esprit, quoi qu'il soit retenu,
Doit retourner au lieu duquel il est venu.
Il se faut consoler: ce qui fut Alexandre,
N'est pas méme auiourd'hui seulement de la cendre,
Les plus simples sujets & les Rois pleins d'orgueil

Entrent également dans vn commun cercueils
La terre est leur sepulchre aussi bien que leur mere,
C'est là que nous deuons finir nôtre misere,
Et que tant de mal-heurs auec tous leurs efors,
Seront enseuelis aussi bien que nos corps.
Ma raison cede ici, la fureur me surmonte:
Ie ne crains pas la mort ; ie ne crains que ma honte,
Et i'ai peur seulement que la posterité
Sçache mon infortune, & ma captiuité.
Ce n'est pas le premier qui s'est veu miserable,
D'autres ont rencontré le sort moins fauorable,
Et les plus ignorants dans l'histoire des Rois
En ont treuué reduits à ces derniers abois.
La fortune conduit diuersement sa roue,
Nous y sommes cloüez, c'est de nous qu'elle ioue:
Iustes Dieux Dom Fernand seroit-il bien soumis
A receuoir la loi de tous ses ennemis?
Presque dans vn moment ma gloire est étoufée,
Le More sur ma perte éleue son trophée,
Mon tombeau lui doit estre vn degré pour monter
Dans le thrône qu'il veut ; & qu'il lui faut quitter.
Que ie me sens confus dans l'état où nous sommes,

Lui

Qui deurois-ie acuser, ou des Dieux, ou des hommes?
Mais qu'à donc faict Rodrigue.

D. ARIAS.

Apres beaucoup d'éfors,
Aiant consideré le nombre de ses morts,
Il prit ceux qui restoient, & sa rare vaillance
Mit dans tous les Esprits la victoire en balance,
Mais nous estions si peu que chacun fut contraint
D'éuiter le danger qu'il auoit des-ia craint.
Rodrigue toutefois ne palit pas encore,
Tout impuissant qu'il est, il fait craindre le More,
Et si tost qu'il aura quelque petit renfort,
Il dit qu'il en attend la victoire ou la mort.

LE ROY.

Oui pour nostre salut contentons son enuie,
Ie luy deurai beaucoup si ie luy dois la vie,
Il n'a pas étoufé sa premiere vertu,
Que n'a-t'il point tenté pour mon Sceptre abatu!
N'a-t'il pas releué l'éclat de ma couronne,
Et quand i'ay de l'espoir, c'est luy seul qui m'en donne.

D, DIEGVE.

SIRE, ie suis certain que vostre Maiesté
Pourra treuuer son bien dans sa fidèlité:
Il herite de moy, ce puissant auantage,
Le Ciel en le formant luy donna mon courage,
Et pour le rendre digne, & des Dieux & du Roy,
Il falloit qu'il fut fils d'vn tel pere que moy.
Combien ai-ie pour vous remporté de victoires,
Combien ai-ie grossi de volumes d'histoires,
Et lors que ma puissance a suiui ma valeur,
Combien de fois braué la mort & le mal-heur,
Afronter les destins, & dessous les murailles
Pour le salut commun chercher mes funerailles,
Parêtre tout sanglant au milieu du combat,
Combattre dans le choc comme vn autre soldat,
Soufrir la faim, la soif, la fatigue & les veilles,
Tenter pour cét état de plus grandes merueilles,
Ie n'en parleray pas, mais vous pouuez sçauoir
Que c'est ce que i'ay fait quand i'en eus le pouuoir.
Maintenant par malheur la vigueur me delaisse,
Ie n'ay presque plus rien, n'aiant plus de ieunesse,
Sinon vn peu de sang, mais de telle façon,
Que tout ce que i'en ai n'est plus rien qu'vn glaçon;
Mais mon fils maintenant ne peut moins entre-
prendre,

Comme vn nouueau Phœnix il renaist de ma cendre,
Connessant ma foiblesse, il me vient releuer,
Il poursuit vn chemin, ie ne pû l'acheuer,
Car cét âge me rend, & si foible, & si sombre,
Que ie ne suis qu'vn corps, dont la mort se dit l'ombre.

LE ROY.

Dom Diegue ie sçai bien le nombre de vos faits,
Vôtre âge ne rend pas vos exploits imparfaits;
La Castille les sçait, & moi ie les publie
A tous ceux de ma Cour, de peur qu'on les oublie:
Et Rodrigue sur tout les fait bien retenir
A ceux qui n'ont pas droit de s'en ressouuenir.
Mais donnons le secours à qui nous en demande,
Et s'il en sçait vser sa fortune est trop grande:
Faisons viste sa gloire en faisant nôtre bien,
Qu'il mette en seureté son salut & le mien.
Que n'ai-je, iustes Dieux cette force premiere,
Le More me craindroit, il perdroit la lumiere,
Et ie seroy certain d'en estre le vainqueur,
Si mes bras estoient grands à l'égal de mon cœur.

D. DIEGVE.

Il est vrai nous auons quelque sujet de crainte,

Mais non pas iusque au point d'en former vne plainte,
On cherche nos mal-heurs, vous estes combatu,
Mais la prosperité n'est pas vne vertu:
Vous pouuez aquerir ce qu'aquit Alexandre,
Et vous pouuez monter quand on vous fait descendre.

LE ROY.

Considere pourtant comme le sort agit,
Nous perdons tant de sang que la terre en rougit,
La crainte de la mort rend mes sujets timides,
Et tous mes ennemis sont autant d'homicides.

D. DIEGVE.

Vne semblable gloire a pour vous des apas,
Mais les aduersitez ne vous afligent pas,
Vn grand Roy comme vous que le sort importune,
Ne change point de cœur en changeant de fortune,
Auiourd'hui vôtre état n'est pas si florissant,
Mais pour le bien remettre estes-vous impuissant:
Non, Rodrigue étendra par la fin de la guerre,
Ce Roiaume & sa gloire aux deux bouts de la terre.

Songez qu'il vit encore.

LE ROY.

A ce nom ſeulement,
Je me tiens aſſuré, ie banis mon tourment,
Ne differons donc plus à lui donner de l'aide:
Rodrigue de mes maux eſt le dernier remede.

SCENE DEVXIESME

L'INFANTE, LEONOR,

L'INFANTE.

CECI nous doit ſeruir dans ce puiſſant malleur,
Soulagons s'il ſe peut vne extréme douleur,
N'aiant point de ſujet pour acuſer Chimene,
Ne pouuant iuſtement l'imoler à ma haine,
Et ne rencontrant rien qui ne me ſoit ſuſpect,

En ce cas le poison fera moins qu'vn regret.
Prenons l'ocasion, & lui faisons acroire
Que Rodrigue a perdu la moitié de sa gloire,
Qu'elle n'a pas raison d'esperer son retour,
Qu'on l'a pris; en vn mot qu'il a perdu le iour,
Lors ses sens agiront, mais d'vne telle sorte
Que le tenant pour mort, ie la croi des-ja morte:
Tu n'en peux pas douter, l'aimant parfaitement,
Ceci la portera dedans le monument.
Iuge par son humeur, & voi par l'aparence
Que la mort aussi tost fera son esperance,
Et que le desespoir pour en venir à bout
Dans cette extremité lui presentera tout.
Mais en fin, Leonor, ne sois pas infidele,
Exerce ton esprit, portant cette nouuelle,
Ne la console pas, bien loing de la guerir,
Inuente mille mots qui la fassent mourir:
Feins selon mon dessein, rends son ame abatuë,
Et raconte-lui tout d'vn accent qui la tuë.

LEONOR.

I'y vais, puis qu'il vous plaist, ie sçaurai ménager
Vne semblable feinte afin de vous vanger.

L'INFANTE.

Son Amant qui brûloit se treuuera de glace,
La voiant sans beauté, sans couleur & sans grace,
Dans le ressouuenir de leur ferme amitié,
Il sera sans amour, mais non pas sans pitié;
Le temps conduira tout, & sa flâme premiere
Ne pourra pas durer en manquant de matiere.
Si bien qu'aiant perdu ce bel objet vainqueur,
Ie pourai librement disposer de son cœur,
Lors mes desseins par tout treuueront vne voie;
Tous mes sens gouteront vne parfaite ioie,
I'entretiendrai Rodrigue, & lors mille plêsirs
Succederont sans doute à mes iustes desirs.

SCENE TROISIESME.

D. SANCHE.

VAINS & foibles respects ennemis de mon ame,
Ne m'importunez plus d'éteindre cette flâme,
L'amour veut malgré vous que i'acheue d'agir
Dans vn dessein honteux, dont ie ne puis rougir.
Ce que vous proposez semble estre legitime,
Et ma raison s'opose à l'horreur de mon crime:
Ie sçai bien dés long-temps qu'elle a donné sa foy,
Que ie m'en vais trahir, & Rodrigue, & le Roy,
Que si le Ciel est iuste il faut que ie perisse,
Que la honte ou la mort doit estre mon suplice,
Que les plus grands malheurs ne m'abandonnent pas,
Et qu'ils suiuent par tout, & mon ombre, & mes pas,

N'importe

N'importe, il vaut bien mieux estre son homicide,
Celui qui veut la mort, du moins n'est pas timide,
Et pour cette beauté le trépas est si beau,
Qu'un thrône à mon auis vaut moins que ce tombeau:
Mais ie trahis Rodrigue, & le seul nom de traître,
Pour cette lacheté me doit faire connêtre.
Sortez, sortez pensers, c'est trop m'entretenir,
Si vous m'estes cruels, faut-il vous retenir?
Que ie ne viue plus dedans cette contrainte,
Ce qui doit m'arriuer est bien moins que ma crainte:
Il ne faut qu'un trépas pour finir ma vigueur,
Et ie soufre auiourd'huy tous les maux, dont i'ai peur:
Voions donc si l'amour est paié de la haine,
Il est temps d'adoucir, ou d'acrêtre ma pêne,
Rodrigue est au combat, & son éloignement
Poura bien me seruir à finir son tourment:
Peut-estre à ce sujet sera-t'il tres-facile
De treuuer à Chimene vn esprit plus docile,
L'absence diminuë, vn ennui violent
Change par fois l'humeur, & rend son feu plus lent:
Mais ce qui d'ordinaire est offert à la veuë,
Touche sensiblement, rend l'ame plus émeuë:

Imprime son pouuoir auec facilité,
Et souuant dans nos cœurs graue sa qualité!
Que s'il vient à passer cette image se passe,
La raison n'en veut plus, & le temps nous l'efface.
Allons donc la treuuer dans cette ocasion,
Et que mon sang plutost preuue ma passion:
Adorable Chimene objet seul de mon ame,
Verrez-vous sans brûler la grãdeur de ma flãme,
Au moins si mon amour ne vous met en courroux,
Plaignez-moi si ie meurs, car ie mourrai pour vous.

SCENE QVATRIESME

CHIMENE, LEONOR, ELIVRE.

CHIMENE.

SI ie sça[illegible]is au moins dessous quelles murailles
Mon sang honoreroit ses nobles funerailles,
Et malgre le destin pour vn sujet si beau,
A la fin nous n'aurions que le mesme tombeau.

LEONOR.

Que le sort est seuere aux plus aimables choses,
Il met toute sa pêne à détruire les roses,
Et les plus rares fleurs qui naissent le matin,
D'ordinaire le soir aprochent de leur fin.
Rodrigue est mort de même, & l'éclat de sa vie
Estoit trop peu commun pour éuiter l'enuie:
Encore est-ce beaucoup ayant si peu vescu,
De peur qu'il vainquit tout, que la mort l'ait vaincu:
Vous sçauez qu'il a fait tout ce qu'on pouuoit faire,
Mais pour nos ennemis sa mort fût necessêre,
Et le Ciel qui le soufre & qui l'a veu mourir
Par ce triste moien a cru les secourir.

CHIMENE.

Ne le repetez plus, & si mon mal vous touche,
Gardez-vous bien vn iour d'en ouurir vôtre bouche:
Laissez-moi quelque temps afin de m'obliger
Dans ce funeste état, tout sert à m'afliger.

ELVIRE.

Madame à quel propos.

CHIMENE.

Obeïs-moi sans crainte,
C'est me dõner beaucoup que permettre ma plainte.

SCENE CINNQVIESME

CHIMENE seule.

INiuste & dure loy de mon funeste sort,
Qui tint jadis ma voix, & mon ame en contrainte,
Ne viens plus t'oposer dans ce dernier efort
A la liberté de ma plainte,
Tu sçais que ie n'ay plus esperance, ni crainte,
Et que mon aimable vainqueur
Ne vit plus ici bas si ce n'est dans mon cœur.

Pour mon soulagement ie plaindrai mes malheurs,
Malgré les loix d'honneur, & ses vaines chimeres,
Mais ie veux que mes yeux repandent tant de pleurs,

Que mes desseins me soient prosperes,
Et qu'en fin mes soûpirs ainsi que des viperes
Dans ce dernier éfet d'amour,
Me donnent le trépas pour leur donner le iour.

Qu'esperai-ie aussi bien de la bonté des Dieux!
Rodrigue ne vit plus, & mon pere est en terre,
Ce qui fut mon espoir est mort presque à mes yeux,
Et l'autre est mort dedans la guerre,
Rodrigue estoit mon cœur, mais le tombeau l'enserre:
Si bien qu'en ce tourment nouueau,
Je voi mon esperance, & mon cœur au tombeau.

Au point qu'vn feu si pur faisoit tous mes plésirs,
De deux forts ennemis ie me vis poursuiuie,
Aussi tost que l'amour apreuua mes desirs;
L'honneur étoufa mon enuie,
L'vn ma fait estimer, l'autre a noirci ma vie:
Et ces deux me croiant guerir,
Ne m'ont point fait encor, ni viure, ni mourir.

Juste ressentiment, & de sang, & d'amour,
Faut-il qu'en ce maleur Rodrigue m'entretienne,
Il a donné la mort à qui ie dois le iour,
Sa perte a commencé la mienne;
Il la vient auiourd'huy d'acheuer par la sienne,
Montrons donc iusque au monument
La pitié pour le pere, & l'amour pour l'Amant.

Mes sens dans ce dessein ne sont pas égarez,
Le trépas pour ces deux est noble, ce me semble,
Et pource que la mort nous a tous separez,
Il faut que la mort nous rassemble,
Ils sõt morts pour l'hõneur, puis que ie leur ressẽble,
Portant enuie à leur bon-heur,
Ie veux aussi les suiure, & mourir par honneur.

Ne differe donc plus, le sort en est ietté,
Puis qu'aussi bien tu voi ton esperance vaine,
Qui cherche le trépas, cherche sa liberté,
Et treuue la fin de sa pene,
Témoigne ta pitié paressant inhumene,
Et fais voir qu'en perdant le iour
L'honneur te fait mourir aussi bien que l'amour.

Fin du second acte.

ARGVMENT DV TROISIESME ACTE.

OM RODRIGVE se resiouüit auec Dom Alonse de la victoire qu'ils ont obtenuë sur les Mores ; & lui même en va porter le premier la nouuelle au Roy. L'Infante dans l'impatience & dans le desir de faire mourir Chimene pour se faciliter l'amour de Rodrigue, aprend de Leonor ce qu'elle n'en vouloit pas aprendre, & treuue l'esprit de cette confidence dans le repentir d'auoir persuadé à Chimene la fausse nouuelle de la mort de son Amant ; & contre ses sentimens, & quelques menaces apparentes qu'elle lui fait d'en aduertir le Roy, delibere de conduire ses desseins à vn dernier but. Rodrigue cependant instruit le Roy de la victoire de ses ennemis ; qui se propose mille profusions dans son esprit pour la recompense de Rodrigue. Chimene croyant ſon Amant perdu, veut recourir aux dernieres extremitez, & dans ce temps méme elle voit Rodrigue ; ce qui la rend ſi confuſe, qu'à pene peut-elle treuuer dequoi faire vn raiſonnement : leur ioie eſt troublée par la nouuelle veritable que leur donne D. Arias de la colere du Roy qui auoit changé les premiers deſſeins qu'il auoit faits à l'aduantage de Rodrigue, à cauſe des aſſurances que Leonor lui auoit données de l'amour de l'Infante ; & pour la crainte dont il eſtoit preuenu que cette paſſion aporteroit vn grand deſordre dans ſon eſtat.

ACTE III.

D. RODRIGVE, D. ALONSE, L'INFANTE, LEONOR, LE ROY, CHIMENE, ELVIRE, D. ARIAS.

SCENE PREMIERE.

D. RODRIGVE, D. ALONSE.

D. RODRIGVE.

LONSE ta valeur aida bien à ma gloire,
Il reste à triompher apres cette victoire,
Nos ennemis sont morts, leurs desseins ruinez
Ne les rendront iamais à ma perte obstinez.
Ils n'ont pas eu loisir de faire vne retraite,
Ce renfort a causé leur entiere defaite.

F

Nôtre conduitte ami les dût bien étonner,
Jls ont beu le poison qu'ils nous vouloieat dôner.
Ces barbares contre eux excitoient ces tempestes,
Et depuis peu leurs traits ont tombé sur leurs
testes.
Deuoient-ils pas songer & preuoir ci deuant
Que leur plus grand espoir se fondoit sur du vent:
Et nous n'auons pas craint qu'ils pussent nous
surprendre,
Car leurs propres filets n'ont serui qu'à les prẽdre.

ALONSE.

Nous n'aprehendons plus, mais apres ces combats
Jl faut se reposer, mettons les armes bas:
Il est tant d'étoufrr nôtre premiere plainte,
D'aller treuuer le Roy, de le tirer de crainte,
Et de faire auouer comme Amant & guerrier
Qu'on vous doit couronner de myrthe & de lau-
rier,
Quand vn sort rigoureux tenoit l'état en butte,
Vous l'auez releué d'vne terrible chutte,
Et par vôtre valeur, & par vôtre vertu
Nous auons veu le More à vos pieds abatu.
Mais étonnons le Roy par vne ardeur si forte,
Allons resusciter son esperance morte;
Qu'il benisse le Ciel; qu'il vous traitte en vain-
queur,

Et qu'apres ce combat il dissipe sa peur ;
On ne peut pas répondre à des biensfaits si rares.

D. RODRIGVE.

Alonse il est bien vrai, i'ai vaincu ces barbares,
I'ai releué l'état, ie rassure le Roy.
Mais vn autre m'attaque, & triomphe de moi,
I'éuite le combat, & ie treuue des charmes
A receuoir ses loix, à lui rendre les armes,
A manquer tous les iours, & d'adresse, & de cœur,
Bref à me voir soumis aux pieds de mon vainqueur.

D. ALONSE.

Vous parlez de Chimene assurément.

D. RODRIGVE.

C'est elle
Qui me fait son captif, & qui me rend fidelle,
Et i'ai tant de plésir dans ma captiuité,
Qu'au prix d'vn bien si doux ie hai ma liberté :
Mais saluons le Roy, l'Infante, & ma Chimene,
Et nous les tirerons d'vne incroiable péne.

SCENE DEUXIESME

L'INFANTE, LEONOR.

L'INFANTE.

M*AIS enfin par ton air & par tes mouuemens*
As-tu bien exprimé mes iustes sentimens?
Croît-elle pas sa mort?

LEONOR.

Que trop, que trop, Madame,
Et i'en ai maintenant mille remords dans l'ame,
Que si le desespoir attaque sa raison,
Qu'elle auance ses iours pour sortir de prison,
Qu'elle coure bien tôt à quelque mort cruelle:
Hé, Madame, songez que ie suis criminelle,
Que vous me contraignez dedans cette action,
Pour laquelle mon cœur a de l'auersion,
Qu'auec le repentir ma vie est languissante,
Et que ie fais mourir vne pauure inocente.

L'INFANTE.

O Dieux puis-je souffrir vn semblable entretien!
Quoi tu te repens donc de m'auoir fait du bien?
Ingrate Leonor, parois-tu genereuse
A me rendre à iamés confuse & malheureuse?
Ce qui me releua maintenant me détruit,
Et ce qui m'allegea m'importune & me nuit.

LEONOR.

Ie reconnois des Dieux; le remords de mon crime
M'en doit faire obtenir vn pardon legitime.
Trahir ainsi Chimene, & pour vous contenter!
Causer vn désespoir, qu'on ne peut arrester!
Perdre de la façon vôtre honneur pour vous plére!
Cõnêtre vos douleurs, & vous plaindre & se taire!
Ah! ce que i'en ai fait rend mes esprits confus,
Songez de grace à vous, & ne m'en parlez plus.

L'INFANTE.

Bien loing de prendre part au souci qui me touche,
Tu ne permettras pas que i'en ouure la bouche.
Quelle humeur Leonor vous oblige à changer,
Aimez ses interests, tachez de la vanger.

LEONOR.

Ie fais vôtre profit, & soiez tres-certene,
Que vôtre hõneur m'est plus que celui de Chimene,
Si l'amour donne au vôtre vn vigoureux assaut,
Vous ne sçauriez tõber qu'en tombãt de bien haut.
Dans vn rang éminent vous estes éleuée,

Et dans ce même rang on vous a conseruée,
Maintenant ce bon-heur semble vous exciter.
Vous faites des éfors pour vous precipiter,
I'ai flatté pour vn temps vôtre amoureuse flâme.
Par des moiens honteux i'ai soulagé vôtre ame.
Je voulu consentir à cette trahison,
Comme vous en vn rien i'égarai ma raison,
Cependant.

L'INFANTE.

Je voi bien qu'il seroit impossible
De toucher desormais vôtre esprit insensible.

LEONOR.

Non, par d'autres moiens soulagez vôtre mal,
Autrement le succés vous en sera fatal. Elle s'en vai

L'INFANTE,

Fais ce que tu voudras, dequoi que tu m'acuses,
Sçache que m'on amour me fournira d'excuses:
Peins moi comme vne Helene; & pour bien mieux (agir,
Fais vn portrait de moi qui me fasse rougir,
Entretien bien le Roi du tourment qui me presse,
Va-le rendre ennemi du beau trait qui me blesse,
Perfide fais d'Vrraque vn impudique objet,
Dy que ie suis infame, & que i'aime vn sujet,
Et raconte par tout que dans ma ialousie
Mille dereglemens troublent ma fantaisie,
Que cette amour me perd, que ie sors de mon rang,
Que mon cœur tout brûlé ne respire que sang,

Qu'à cause que Chimene empesche mon attente,
Son trépas seulement me doit rendre contente.
Et qu'enfin cét Amant a charmé mes esprits,
Mais rien ne peut iamés me porter au mépris,
Ie veux aimer Rodrigue, & malgré ces obstacles,
Poursuiure mes desseins, & faire des miracles.

SCENE TROISIESME.

LE ROY, D. RODRIGVE.

LE ROY.

OVi ma crainte étoit forte, & mes maux redoublez,
Ne dõnoiẽt point de calme à tous mes sẽs troublez.
D'abord ie crus ma perte, ou ma honte assurée,
Que ma douleur seroit de plus longue durée.
Enfin par ce raport ie me vis si confus,
Que ie mis tout mon bien à n'en souhaiter plus.
Maintenant que le Ciel permet que ie vous voie,
Que vos faits ont acreu vôtre gloire & ma ioie,
Que vous me rassurez, & que ces inhumains
Ont eu le seul honneur de mourir par vos mains,
Que ne vous doi-ie point, de quel bienfait si rare
Puis-ie vous obliger sans me montrer auare?

Triompher d'vn parti qui n'auoit combatu,
Releuer ma couronne, & mon sceptre abatu,
Chasser des ennemis qui dans ma propre terre
Me liuroient tous les iours vne mortelle guerre:
Ce sont de ces éfets dont on fait tant de cas,
Et des traits seulement à faire des ingrats.
Pour mon contentement & pour vôtre loüange,
Donnez-moi le recit de ce combat étrange.

D. RODRIGVE.

Sire au commencement nous fumes étonnez,
Tous les chefs des soldats furent abandonnez,
Et ces gens insolens en voiant cette fuitte,
Vserent contre nous d'vne rude poursuitte.
Ils se treuuent puissans dans nôtre extremité,
Ne donnent point de place à la timidité:
Ils nous serrẽt de pres: nous forcẽt, nous attaignẽt,
Les vns sont massacrez, & les autres les craignẽt,
Tous sont au desespoir, chacun quitte son rang,
Et pâle, voit rougir la terre de son sang,
Mais la nuit par bon-heur auecque ses tenebres
Finit leur entreprise, & nos plaintes funebres.
Depuis cette retraitte, & pour nous & pour eux,
L'ardeur fut presque égale, & le combat douteux,
Mais apres le renfort aussi tôt qu'ils nous virent
Leur sang se refroidit, leurs visages palirent.
Sçachant que ie deuois combatre pour vn Roy,
A ce seul nom de Cid ils tremblerent d'éfroi:

Leurs

Leurs mains dans ce cõbat furent presque imobiles,
Et nous firent treuuer des succez trop faciles.
Ie m'attaque à leur chef, i'en vins bien tost à bout
Bref Sire on perdit tout pource qu'on craignoit tout.
Il combatit long-temps pour la troupe ennemie,
Tacha de reueiller leur fureur endormie.
Et par ses actions & jouuant par ses cris
Excita contre nous ces timides esprits.
Il succomba pourtant, et ce rare courage
Treuue nostre valeur plus forte que sa rage.
Et se sentant blessé, fit enfin ces eforts
A parler aux viuans en regardant les morts.

Estrange arrest des destinées!
Les Princes meurent comme vous,
Le sort est implacable à tous
Chacun voit finir ses années
Nos iours sont filez d'vn fuseau,
Ceux des simples suiets & des puissans Monarques
Sont entrepris de mémes Parques
Et coupez d'vn méme ciseau.

Et cependant on nous fait croire
Pour éblouïr plustost nos yeux
Que les Rois ressemblent aux Dieux.
Et qu'ils en ont beaucoup de gloire
Mais quoy nous serions tous egaus.

Les Dieux seroient mortels ; ils n'auroient plus d'hommages ;
Si la mort abat les images.
Elle en veut aux originaux.

Là ses iours sont finis aussi bien que sa gloire ;
Et sa mort commença nostre insigne victoire.

LE ROY.

Ie plains son accident ; i'estime sa vertu
I'ay des compaßions pour vn Sceptre abatu,
Mais i'ay plus de raison de porter quelque enuie
Aux nobles actions qui signalent ta vie.
Va treuuer ta Chimene & sur tout souuiens toi
Que c'est faire beaucoup que d'obliger vn Roy.

Il s'en va. D. RODRIGVE.

O Ciel ie l'aperçoi dans vn visage blesme,
Elle n'est plus à moy n'estant plus à soy mesme.

SCENE QVATRIESME.

CHIMENE D. RODRIGVE ELVIRE.

CHIMENE.

TV recherches ma perte en me voulant guerir,
Tu rengreges mes maux pensant me secourir.
Eluire au nom des Dieux contente mon enuie
Soufre qu'vn desespoir triomphe de ma vie,
Que i'oblige le sort à finir sa rigueur,
Et que i'arme mes mains contre mon propre cœur.

D. RODRIGVE.

Dieux elle veut mourir!

CHIMENE.

Tout me liure la guerre,
I'ai perdu mon Amant, & mon Pere est en terre.

Puis que Rodrigue est mort le iour m'est odieux,
Pour m'approcher de luy i'abandonne ces lieux.
Il faut bien que des morts i'augmente ici le nombre,
Et ie veux imoler mon corps à sa belle ombre.
Ce guerrier redoutable & ce parfait Amant
Malgré tous ses apas gist dans vn monument;
Ce miracle parfait d'amour & de nature
Est auiourd'huy couché dedans la sepulture,
Bref ie veux obeïr aus arrests de mon sort,
Ie veux finir mes iours puisque Rodrigue est mort.

RODRIGVE.

Madame.

ELVIRE.

Iustes Dieux quelle estrange merueille!
Quoy vous n'estes pas mort? ce peut-il que ie veille.
Ses sens sont interdits; ô Ciel qu'elle rigueur.
Vne foiblesse attaque & ses yeux et son cœur.

D. RODRIGVE.

Mais pourquoy surprens-tu mon esprit de la sorte,
Eluire ie suis mort si ma Chimene est morte.
Ah! Madame.

CHIMENE.

Ah! Rodrigue estoit-ce pas assez
De vous crere tantost au rang des trepassez?

Sachez que mon trespas n'est point mis en balence,
Que des-ja la douleur m'impose le silence,
Et qu'vn ressentiment de vôtre propre mort
Acheuera mes iours par vn dernier effort.
En souspirant si tard vôtre perte visible
Ie suis lente il est vray, mais non pas insensible.
Ie m'en vais contenter vôtre premier dessein
Car i'ay dedans les mains dequoy m'ouurir le sein,
Ie vous suiurai la bas, & malgré ces lieux sombres
Le feu qui nous bruloit eclerera nos ombres:
Nos esprits s'vniront dans cét afreux seiour
Ou nos embrassemens feront naistre l'amour.
Là nous verrons finir cette mortelle guerre
Que le sang & l'honneur nous liuroient sur la terre:
Les astres cesseront de nous verser du fiel,
Et l'enfer nous sera bien plus doux que le Ciel.
Mes sens sont egarez, moy méme ie m'abuse
Que mes sens sont troublez! que mon ame est confuse!
Rodrigue n'est pas mort; pour croitre mon ennui
I'ay parlé de ma flamme, & sur tout deuant luy.
Qu'esperai-ie bons Dieux dans cét estrange orage?
Ie ne verrai iamais le port ni le naufrage,
I'ay tantost dans l'amour etabli mon bon heur,
Maintenant cette amour combat auec l'honneur,
Par tout egalement ie me voi poursuiuie,
I'ay crû Rodrigue mort, & ie le treuue en vie.

Au moment qu'vn hymnen nous deuoit secourir
I'ai veu mon pere mort dont i'ai pensé mourir,
Ie courois à la mort, ie sens qu'elle me quitte,
Et ie croiois perdu ce qui me resucite.

D. RODRIGVE.

Vne fourbe a causé de veritables pleurs,
I'en d'eteste la feinte & ie plains vos douleurs.
Ie ne penetre pas au fonds de ces pensées
Qui rendroient à la fin nos ames insensees;
Cette chose métonne & m'afflige beaucoup,
Ne voiant pas le bras qui me porte le coup.
O Dieux.

CHIMENE.

Ah! cher Amant nôtre perte est certaine;
On en veut à Rodrigue aussi bien qu'à Chimene,
Mais Rodrigue pourtant dans ce triste malheur,
Est vn obiet d'amour, & i'en suis vn d'horreur.
L'Infante assurement fit naitre cette feinte,
Tous ses sens sont emeus, & son ame est ateinte;
Mais dedans son amour & dedans son couroux
N'oubliez pas du moins que Chimene est à vous.

D. RODRIGVE.

Madame il est tout vray, ie serois insensible
Si i'allois condanner vne amour si visible.

Si ie la meritois ie serois trop heureux,
Mon sort en cét etat seroit moins rigoureux.
Mais i'acuse le Ciel, & tout ce qui m'irrite,
Est de voir vos beautez & mon peu de merite.
Cet œil que vous voyez à veu cent regions,
Ce bras que vous voiez force des legions,
Par tout mes ennemis sont reduits à l'extreme
Et ie n'ai point appris à me vaincre moi méme.
Connessant vos vertus ie connois mes defaus,
Et ce que vous valez & le peu que ie vaus.
I'ai medité cent fois au bien que ie desire,
Ie l'ai plus estimé, qu'on ne fait vn Empire,
Et ie n'ay iamais crû qu'il fut en mon pouuoir
D'entendre vos soupirs & de les receuoir.
Il faut le confesser, i'ay fait tout mon poßible
Pour me rendre agreable ou du tout insensible,
I'ai vaulu conseruer & banir mon amour,
I'ai souhaitté la vie & la perte du iour,
I'ai fait mille desseins dans l'espoir de vous plaire
Et i'en deffais autant de crainte du contraire.
Mais Madame auiourd'huy ie connois mon bonheur,
Et ie voi tout confus l'excez d'vn tel honneur.
Mon brazier m'est si cher que tout le monde ensemble
Et les plus grands thresors n'ont rien qui luy ressemble,

Et ma captiuité me rend plus glorieux
Que si ie me voiois dans le thrône des Dieux.

CHIMENE.

Dans cette affection ie rougis qu'vn Alcide
Pres d'vn si foible obiet se soit rendu timide,
Ie ne rougirois pas si quelque autre beauté,
Engageoit vôtre esprit & vôtre liberté.
On aime seulement ce qui n'est rien qu'aimable
Et l'on doit adorer ce qu'on treuue adorable
Mais moi qui n'us iamais vn eclat assez vif,
Ni pour charmer les yeux, ni pour faire vn captif,
Ie crains que vôtre cœur à la fin soit de glace,
Et qu'vn autre bien tost occupe cette place.
O Dieux! s'il estoit vrai de combien de propos
Irois-ie importuner vostre plus doux repos,
A combien d'accidens reduiriez vous ma vie,
Et de quel desespoir seroit elle suiuie?
Quand vn bien m'est aquis i'aime à le conseruer,
Et quand il est perdu ie crains de me sauuer.
I'aprehende L'Infante.

D. RODRIGVE.

Esperez mieux Madame
Vos yeux & vos bontez entretiennent ma flame.
I'ai plus suiet de craindre.

SCENE

SCENE CINQIESME.

D. ARIAS, D. RODRIGVE, CHIMENE.

D. ARIAS.

Ah ! craignez pour iamais !
Le Roy tout en courroux vous attend au Palais,
Qui iure que ses maux n'auront point d'allegeance,
Qu'il ne soit satisfait d'vne entiere vengeance.

D. RODRIGVE.

Allons y de ce pas ; le Roy veut se vanger,
D'où vient cét accident ? qui l'oblige à changer?

CHIMENE.

I'aimerois plus ma ioye estant plus moderee,
La plus grande fortune est la moins asseurée ;
Dans vn si grand bon-heur ie crains de sucomber,
Ce qui monte plus haut est plus prest à tomber.

FIN DV TROISIEME ACTE.

ARGVMENT DV QVATRIESME ACTE.

LE Roy dans le rapport de Leonor se desespere, & ne croit pas treuuer de consolation ni de remede dans vn mal qu'il iuge incurable. Leonor augmente sa crainte & sa furie, lors qu'elle luy raconte qu'elle a fait tout son possible pour detourner l'Infante d'vne afection si honteuse & qui preiudicioit si fort à l'état. Il en fait des reproches à D. Rodrigue, qui s'excusant d'vne fausseté si apparente, par le commandement du Roy fait des protestations d'amour à l'Infante. Celle-cy ne croiant pas qu'il y eut lieu de soupçon dans cette afaire, respond à ses ciuilitez, & à ses complimens, & comme elle auoit beaucoup d'amour, elle en témoigna beaucoup aussi. Le Roy pour les toucher de pitié donne dans ce ressentiment le Sceptre à Rodrigue, & la Couronne à l'Infante, mais en fin Rodrigue est mené prisonnier sans aucun respect, & sans consideration des seruices qu'il auoit rendus. D. Diegue, & Chimene le voiant sans liberté, demandent celle de le voir en prison, & de decouurir la verité. Ce que le Roy leur accorda, mais dans la resolution pourtant de ne rien espargner pour le chastiment de sa faute.

ACTE IV.

LE ROY, LEONOR, D. RODRIGVE, L'INFANTE, D. DIEGVE, CHIMENE, D. SANCHE.

SCENE PREMIERE.

LE ROY. à Leonor.

PErmets au nom des Dieux que mon ame soupire,
Ie dois cherir l'Infante au dessus de l'Empire:
Mais l'ingratte trahit mon plus doux sentiment,
Et d'vn de mes suiets elle fait son Amant,
Ne conseille plus rien à mon ame abatuë
Rodrigue veut ma perte & ma fille me tuë.
Cette aueugle obscurcit l'éclat de mon bon-heur,
Et me priuant de vie; elle s'oste l'honneur.

Ah! c'est trop consulter ie t'apelle à mon aide,
Car si ie doi guerir la mort est mon remede.
En pensant m'obliger tu ne mobliges pas,
Tu desires ma vie & ie veus le trepas,
Et si ton cœur le craint pource qu'il t'est contrere,
Ie le veus rechercher comme vn mal necessere.
L'Infante fait sa perte, elle m'oste le iour,
Et ma honte commence auecque son amour!
Dieux qui m'auez rendu toutes choses prosperes,
Si vous aimez les Rois, aimez vous leurs miseres?
Est-ce tout le secours que vous m'auiez promis?
Estes vous donc mes Dieux ou bien mes ennemis?
Ai-ie brizé l'Autel? ai-ie destruit vn Temple?
Le moindre de mes faits est-il pas vn exemple?
Vous ai-ie pas connu pour des Dieux tout puissans?
Vous ai-ie quelquefois refusé des encens?
Non, non, mes actions vous ont forcé de croire
Que ie nay rien commis qui choque vostre gloire.
Cependant mes respects sont payez de mespris,
Ie veux seruir les Dieux & i'en suis entrepris,
Vne fille s'opose à l'éclal de mes armes
Et c'est mon propre sang qui fait naistre mes larmes.
Penser épouuentable! ah pere malheureux!
Le sort en ton endroit paroist bien rigoureux,
Ce qui causa la paix vient me liurer la guerre,
Et ce qui m'a remis me combat & matterre.

Mais dy moy Leonor; croi-tu que la raison,
Qui condanne son mal fasse sa guerison?

LEONOR.

Sire, c'est y chercher des resons inutiles,
On n'y sçauroit treuuer des remede faciles.
Le mal qu'elle entretient choque son iugement,
Mais elles y veut chercher quelque soulagement.
L'Infante n'estant pas d'humeur à se contraindre,
Vous pourroit bien donner des suiets de vous plaindre.
Rodrigue aime Chimene, il n'a point d'autre obiet,
Mais lors qu'vne Princesse entreprend vn suiet;
Que l'honneur & le sang n'empeschent point sa flamme,
Et que le desespoir fait des loix à son ame,
Qu'elle voit la raison sans vouloir l'ecouter;
Ah! Sire, vn feu semblable est bien à redouter.
I'ai fait ce que i'ai pû pour l'y rendre insensible,
Mais i'ai veu qu'à la fin ie tentois l'impossible;
Et i'ay crû qu'il estoit de ma condition
De vous donner aduis de cette affection.
Elle a cherché Rodrigue, & Rodrigue la veuë,
Peut estre que leur ame a paru toute nuë,
Que Rodrigue a suiui ses laches sentimens,
Et qu'il a pû respondre à tous ses mouuemens.

LE ROY.

Ie le croi Leonor; cecy me met en peine,
Mon Sceptre est außi beau que les yeux de Chimene
Dans cette obeissance il a du iugement,
Ma Couronne vaut bien qu'on fasse vn change-
ment.
Nagueres luy parlant d'vne telle entreprise
Son esprit fut troublé, son ame fut surprise,
Et traittant froidement de cette paßion,
Il s'excusa d'abord sur sa condition.
Apres tout, Leonor, son credit m'épouuante,
Pour iouir de mon Sceptre il peut aimer l'Infante.
Mais malgré sa valeur: ô Dieux ie l'apercoi,
Aprenons s'il poursuit & s'il veut estre Roy.

SCENE DEVXSIESME.

LE ROY D. RODRIGVE.

LE ROY.

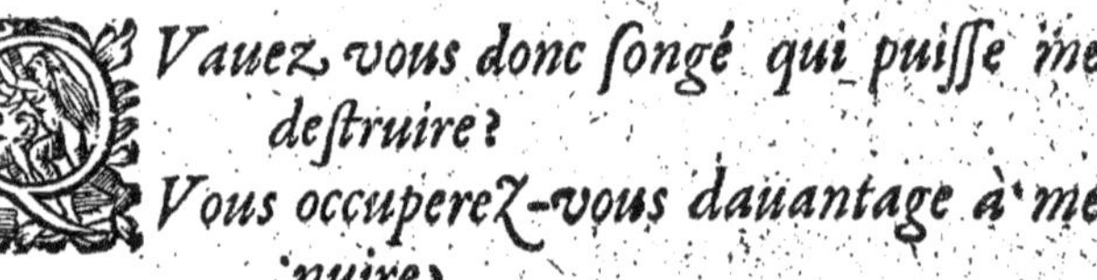

Vauez vous donc ſongé qui puiſſe me deſtruire?
Vous occuperez-vous dauantage à me nuire?
Deſcendrai-ie apreſent pour vous faire monter?
Enfin voſtre deſſein ne peut il s'arreſter?
D'où vient que voſtre humeur abandonne Chimene,
ſes yeux vous font ils peur? vous eſt elle inhumene?
L'Infante eſt plus facile & pour vn grand guerrier,
Ma Couronne en vaut bien vn autre de laurier.
Conſiderez pourtant que ce point m'eſt ſenſible
Et que i'ai touſiours crû qu'il eſtoit impoßible,
On ne ſçauroit donner et receuoir des loix,

Et pour porter vn Sceptre il ne faut point deux Roys.
Vostre ioye en cecy seroit mal asseurée;
Vn Etat qu'on diuise est de peu de durée;
Et Fernand à la fin d'vn absolu pouuoir
Voudroit vne autrefois le perdre ou le rauoir.
Il est vray, ie sçay bien qu'on vous dût recognestre
Apres ces beaux exploits que vous fites parestre;
Mais Rodrigue songez.

D. RODRIGVE.

Que vostre Maiesté
N'imprime point de tache à ma fidelité!
Autrefois mon secours vous sembla necessaire,
Mais Sire ie faisois ce que ie deuois faire.
Rodrigue a seulement depuis qu'il voit le iour
Du respect pour l'Infante & non pas de l'amour.

LE ROY.

Pour sçauoir ce mistere & pour rauir mon ame
Descouurez à l'Infante vne amoureuses flame.
Parlez luy de souspirs, cherchez des complimens,
Mettez vous en secret au rang de ses amans,
Dites luy maintenant que vous brulez pour elle,
Que vous estes suiet, mais vn suiet fidelle:
Ie me tire à l'escart: elle vient à propos.

D. RODRIGVE.

D. RODRIGVE.

Sire la, verité vous va mettre en repos.

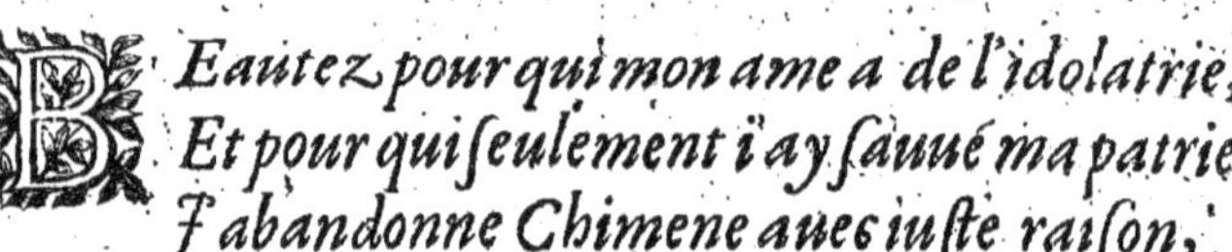

SCENE TROISIESME.

D. RODRIGVE L'INFANTE LE ROY.

D. RODRIGVE.

Beautez pour qui mon ame a de l'idolatrie,
Et pour qui seulement i'ay sauué ma patrie,
J'abandonne Chimene auec iuste raison,
Apreuuez mon amour par cette trahison,
Et publiez tout haut qu'il faut que ie vous aime;
Puis qu'en la trahissant ie me trahis moy-mesme.
O Dieux! que vos attraits ont de pouuoir sur nous,
Que vos yeux en tous temps ont de funestes coups!
Qu'on a de lacheté quand on s'en veut defendre!
Et que dans ce combat il est doux de se rendre!
On se pert doucement aupres de vos apas,
Et quand on y resiste on ne les connoist pas.

Ie considére assez le Sceptre & la Couronne,
Ce que vous possedez ce que le Ciel vous donne,
Ie remarque vos biens, vos thrésors, vos pays.
Dont l'insigne grandeur tient mes sens ebaïs;
Mais ie cheris en vous malgré cette auanture
Bien moins les dons du sort que les dons de nature.
Ie peche toutefois; ce brazier eternel
Me fait voir temeraire, & me rend criminel:
Mais ie brusle pourtant, & cette flame est telle
Qu'en depit de la mort ie la iuge immortelle:
Vôtre bon naturel & vos perfections
Ont sçeu trop bien flatter mes inclinations.
Dans cette vanité moy méme ie m'acuse,
Aussi dans ce peché ie ne veus point d'excuse,
Ma vie & mon trepas me feront des ialoux,
Pourueu que l'vn des deux ne vienne que de vous.

L'INFANTE.

Quoy vous me croyez donc si contraire à moy-méme,
Que de causer la mort aux personnes que i'aime?
Faictes en grand guerrier vn autre iugement,
Ie viens chercher ici quelque soulagement.
Le Ciel nous traittera tous deux de mesme sorte,
Si vous croiez mourir, ie me croy desia morte:

Ie vous aime ; bien loin de vous dißimuler,
Vous aprendrez encor que ie me ſens bruler.
Le Roy, les Elemens, la longueur des années,
Les ſiecles à venir, toutes les deſtinees.
La chutte de l'Eſtat, & la perte du iour,
N'ont rien encore en eux qui changent cétte amour.
I'ay bani comme vous le reſpect & la crainte,
Et l'honneur ne tient plus mon eſprit en contrainte.

LE ROY. dit cecy bas.

Voicy le pire coup que ie recoi du Ciel,
O Dieux mon triſte cœur ne vit rien que de fiel!
La perfide à ces mots me met dans vn martyre
Que ie ne ſens que trop, mais que ie noze dire.
Ma ioye en cét eſtat depend du monument
Car ie voy que la mort eſt mon moindre tourment.

SCENE QVATRIESME.

LE ROY, D. RODRIGVE, L'INFANTE

LE ROY.

Estes-vous bien contents ? toutefois i'aprehende
Que vous n'estimiez pas ma ruine assez grande:
Mais si vous conseruez vn reste de raison
Condannez vous au moins pour cette trahison.
L'amour qui vous ioignoit estoit il point capable
De rendre en mon endroit vôtre esprit si coupable ?
Enfin vous me direz que vos feus insolens
En deuoient alumer d'autres plus violens,
Et que tout mõ Royaume aussi bien que vostre ame
Me deuoit faire voir la grandeur de sa flame.
Il dõne le Sceptre à Rodrigue, & la Couronne à l'Infante. *Puis que ie ne suis plus aux termes de flatter,*
Et que vous le voulez il faut vous contenter.
Prens ce Sceptre perfide; & toi cette Couronne
Ce qu'on me veut oster enfin ie vous le donne.

Mon Sceptre, ma Couronne, & mon throsne, & mon bien,
Enfin tout est à vous ie ne possede rien.
Ie n'ay plus que ce cœur tirés le à coups d'épée,
C'est là que vôtre main deuroit estre occupée.
Percez percez ce corps, & me faites mourir
Puis que c'est par ma mort que vous croiez guerir.
Acheuez contre moy le feu qui vous deuore
Vous verrez la dedans ce qui vous aime encore,
Et vous plaindrez vn iour vn pere genereux,
Qui voudroit que le ciel vous fût moins rigoureux.

D. RODRIGVE.

Ce Sceptre est trop pessant s'il faut qu'on le soutienne
Choisissez vne main plus forte que la mienne,
I'aurois mauuaise grace à vous le demander;
Qui ne sçait point seruir ne doit point commander.
Mais Sire dans ces ieux il semble qu'on me braue,
Ne m'ofrez vous ceci que pour me rendre esclaue?
Pourquoy me traitte-t'on d'vn semblable mépris?
Dans ces confusions ie me treuue surpris;
Croiez vous ou ma honte ou ma mort necessere?

Il met le Sceptre au pieds du Roy.

LE ROY.

Tel souuent cherche vn bien qui treuue le contraire,
Chacun propose assez pour son contentement,
Mais le Ciel qui voit tout en dispose autrement.

Ses arrests ne sont pas de nôtre intelligence,
Nos plus grands mouuemens, & nôtre diligence.
Nos vœux & nos desirs, qui semblent si secrets,
Bref rien ne peut changer ses souuerains decrets.
Vos desseins sont rompus, vôtre esperance est morte,
Conduisez desormais vôtre esprit d'autre sorte.

L'INFANTE.

Dans ce premier abord que i'ay d'estonnement!
Dieux que doi-ie penser d'vn tel euenement.
Ie vous rends la Couronne, & vous me voyez preste,
De la mettre à vos pieds plustost que sur ma teste.
Et de quelque bon-heur qu'on oblige mes iours,
Si vous ne les aimez i'en borneray le cours.

LE ROY.

Tu viens croistre mon mal lors que tu me consoles,
Tes noires actions dementent tes paroles:
Voy-ie pas a mes yeux ce qu'on ne peut nier?
Qu'on saisisse Rodrigue & qu'il soit prisonnier.

D. RODRIGVE.

On prend Rodrigne.

Le grand nombre à la fin me pourroit bien contraindre,
Sçachez que tout captif ie suis encor à craindre

Ah! vous m'auez surpris, ma captiuité
Fait maintenant ma rage & vostre seureté.
C'est en vain resister, leur perte est impoßible,
Ie me treuue impuissant & non pas insensible,
Mon courage en ces lieus a tort de m'acuser,
Auiourd'huy i'ay des mains & ie n'en puis vser.
Pour moy chaque combat estoit vne victoire,
Chaque champ de bataille estoit vn champ de gloire
Rien ne m'estoit contraire, & quantité de Rois,
Ont senti mon pouuoir & flechi sous mes loixs:
La fortune auiourd'huy me tourne le visage,
Et mon cœur & mes bras ont perdu leur vsage.
Destins qui gouuernez nos esprits & nos corps
Que pour nôtre mal-heur vous auez des ressors!
Tantost pour mes suiets ie n'auois que des Princes
I'auois surpris des forts plus grands que des Prouinces,
Maintenant ie n'ay rien, & ie suis à ce point
Que le plus miserable a ce que ie n'ai point.
Acheuez Dieux ingrats, que i'épreuue le reste,
Ay-ie encore à sertir quelque trait plus funeste?
Auez-vous d'autres lieux à me precipiter?
Monstrez vôtre courroux ie ne puis l'euiter.
Le dessein de mourir ma tantost fait resoudre,
A ne craindre plus rien, à rire de la foudre.
A mépriser vos coups, à deffier vos mains
Dōt vous semblez tousiours menasser les humains.

Bref à vous faire voir pour vn tourment si rude
Que vous deuez rougir de vostre ingratitude,
Que des Dieux comme vous sont des Dieux im-
puissans,
Et qu'aussi-bien que nous vous estes languissans.
On verra dans l'Estat des flames bien plus viues,
Aussitost que mes mains ne seront plus oisiues;
Ma fureur quelque iour rabatra ces efforts,
Ie ne veux que ce bras pour briser tout ce corps.
Mais Fernand fait son mal dans ce mal-heur ex-
tréme,
Et me pensant punir il se punit soy-mesme,
Il ruine l'Estat de l'vn à l'autre bout,
Car n'ayant plus Rodrigue il n'a plus rien du tout.
Mon esprit le suiura quoy qu'il veuille entrepren-
dre,
Qu'il entre dans l'Enfer ie suis prest d'y descendre,
Où qu'il cherche à la fin le lieu le plus secret,
Ie veux en me voiant qu'il meure de regret.

SCENE

SCENE CINQVIESME.

LE ROY, D. DIEGVE, CHIMENE.

LE ROY.

E feu deuoit passer ; mais dites moy Madame,
Verra-ton point passer vostre indiscrete flame ?
Qu'auez-vous entrepris ?

D. DIEGVE, voiant mener Rodrigue en prison.

Quel sensible tourment,
Dieux on traine mon fils,

CHIMENE.

On traine mon Amant.

D. DIEGVE.

Sire, qu'a fait Rodrigue? auez vous point enuie,
Qu'aujourdhuy le perdant ie perde aussi la vie?
Nagueres quel guerrier a finy nos mal-heurs?
Quelles puissantes mains ont essuié nos pleurs!
Qui releua l'Estat d'vne si lourde chutte
Au point que le mal-heur nous tenoit tous en butte?
Qui vous presta le bras quand vous crutes tomber
Et qui nous obligea tous prests de succomber?

CHIMENE.

Ah! Sire c'est Rodrigue.

D. DIEGVE.

O victoire fatale!
Qui peut vous establir vne paix generale?
Qui vous peut maintenir contre tant d'estrangers?
Et qui peut desormais vous sauuer des dangers?
Qui peut dans le mal-heur vous seruir de retraitte?
Qui peut rendre à iamais vostre gloire parfaite?
Qui combatit le More? & qui par tant d'efforts
Fit pour nostre salut tant de monceaux de morts.

CHIMENE,

Ah! Sire c'est Rodrigue.

LE ROY.

Vn tel cœur m'épouuente?
Rodrigue peut beaucoup pouuant tout sur l'Infan-te.
I'admire ses exploits, i'estime sa valeur,
Puis qu'elle m'a tiré d'vn visible mal-heur
Chimene, comme vous ie connois son courage,
La mort de vostre pere en est vn témoignage,
Vous l'en loüez ma fille, & vous auez raison,
Car vos ressentimens se font voir en saison.
Vous l'auez estimé, vous l'estimez encore,
Depuis qu'il à vaincu, vostre pere & le More.
Il a tué le Comte, il mourut pour l'honneur,
C'est pourquoy vous deuez procurer son bon-heur.
Mais parlons sainement, qui peut aimer ma fille,
Afin de commander à toute la Castille?
Dom Diegue, C'est Rodrigue; & par ce traict d'a-mour
Qui peut se rendre indigne & des Dieux & du iour?
C'est Rodrigue Chimene. Il est vray ie l'aduoüe
Rodrigue est genereux, tout le monde le loüe,
Mais suborner l'Infante, vsurper sur ses sens
Vn pouuoir tyranique; & des droits si puissans,
Pratiquer cent moyens, s'asseurer de retraittes
Pour rendre insolemment ses flammes plus secre-tes.

C'est relascher vn peu de sa fidelité,
Et prendre à mon aduis beaucoup d'authorité.

D. DIEGVE,

Peut estre qu'vn raport.

LE ROY.

I'en dois croire ma veuë,
Son ame à son aspect se fit voir toute emeuë.
Leonor le sçait bien.

D. DIEGVE.

Sire pour le sçauoir
Permettez moy du moins le bon-heur de le voir,
En ce cas son mal-heur n'aura point de refuge,
Et ie seray dés l'heure & son pere & son iuge:

CHIMENE.

Sire puis que mon ame à la méme ferueur:
Pourai-ie pas iouyr de la méme faueur?

LE ROY.

Voyez-le ie le veux; mais Dom Diegue et Chimene,
Ne l'exenteront pas de sa perte prochaine.

Il dit cecy bas.

SCENE SIXSIESME.

CHIMENE seule.

N qui doi-ie esperer ? crerai-ie à ces discours ?
Et puis-ie honnestement demander du secours ?
Il n'y faut pas songer ; au mal qui me possede
La mort est le plus seur & le plus doux remede.
Rodrigue est en prison, mon mal est infini,
Pour auoir si bien fait doit il estre puni ?
Le Roy dans son mal-heur le prit pour sa defense
Et maintenant sa haine en est la recompense.
O Ciel que doi-ie faire en cette extremité !

SCENE SEPTIESME.

D. SANCHE CHIMENE.

D. SANCHE.

MAdame pardonnez à ma temerité,
Ie vous treuue tousiours dans des termes de plainte,
Vous rencontrez par tout des matieres de craintes
On treuue auecque vous les plus cuisans malheurs,
Vous poussez des soupirs, vous repandez des pleurs,
Vous n'aimez que les lieux ou regnent les tenebres
Pour vous entretenir de pensers plus funebres.
Pour croitre vostre ennui vous méprisez le iour,
Et vous le haissez autant que mon amour.

CHIMENE.

Ah! c'est vn beau moin de consoler mon ame,
Que de m'entretenir de l'excez de ta flame,
Adieu, ni songe plus, car c'est trop y resuer.

D. SANCHE.

Elle doit à la fin me perdre ou me sauuer.

FIN DV QVATRIESME ACTE.

ARGVMENT DV CINQVIESME ACTE.

CHimene visite D. Rodrigue en prison, & le console dans l'assurance qu'elle luy donne de son amour. D. Arias le fait sortir, & luy raconte comme le Peuple animé par sa captiuité, auoit pensé se souleuer, & luy dit encore que la verité, s'estoit découuerte pour l'inclination de l'Infante, & qu'il est estimé innocent. D. Sanche amoureux tousiours de Chimene, est rencontré par l'Infante qui luy promet de toucher l'esprit de Chimene, & de luy remontrer qu'elle doit faire vn obiet d'horreur de Rodrigue, qui auoit causé sa premiere perte. l'Infante l'aborde mais en vain, & elle ne treuue pas auec cette ame resoluë ce qu'elle s'estoit proposé auparauant. Pour luy faire haïr Rodrigue, elle l'aborde auec beaucoup de ciuilitez, & auec des protestations d'amour nompareilles. Rodrigue considerant sa condition & sa naissance luy repond assez honnestement: ce qui luy donne aduantage d'en aduertir Chimene, qui commençant à soupçonner l'infidelité de son Amãt, semble se porter à toutes les extremitez. Elle est appaisee neantmoins par ses paroles, & la verité détrompe ses sens. D. Sanche rencontrant Chimene auec Rodrigue la veut suiure, mais il se treuue seul auec Rodrigue, non content d'auoir éprouué si souuent sa bonté & son courage, il l'attaque & en est desarmé l'Infante les treuuant en cet estat, ayant apris que Rodrigue disputoit encore Chimine fort dans le dessein de la tuer; mais elle la treuue auec le Roy qui empesche cette resolution; & qui fait enfin le mariage de Chimene & de Rodrigue.

ACTE

ACTE V.

D. RODRIGVE, CHIMENE, D. ARIAS, L'INFANTE, D. SANCHE.

SCENE PREMIERE.

D. RODRIGVE, CHIMENE,

D. RODRIGVE, en prison.

AH qu'on rend ton ame contente!
Qu'on te procure de plaisirs!
Et que tes plus iustes desirs
Sont suiuis d'vne douce attente!
Rodrigue, tu sauues le Roy,
Tes fais font preuue de ta foy,
Et malgré ta valeur que tout le monde vante
Tes traits ont tombé dessus toy.

CHIMENE.

Ah! qu'on rend mon ame contente!
Qu'on me procure de plaisirs,
Et que mes plus iustes desirs
Sont suiuis d'vne douce attente!
Rodrigue tu sauues le Roy,
Tes fais font preuue de ta foy;
Et mal-gré ta valeur que tout le monde vante,
Ces traits tomberont dessus moy.

D. RODRIGVE.

Que le sort a peu d'asseurance!
Que mon destin est rigoureux;
Le Roy me veut voir mal-heureux,
En voyant ma perseuerance:
Il m'accuse de lacheté,
Mais dedans cette extremité,
Sache au moins que la mort finit mon esperance,
Et non pas ma fidelite!

CHIMENE.

Que le sort a peu d'asseurance!
Que le destin m'est rigoureux!
Le Roy nous veut voir mal-heureux,
Voyant nostre perseuerance.

Il m'accuse de lacheté :
Mais dedans cette extremité,
Sache au moins que la mort finit nostre esperance,
Et non pas ma fidelité.

D. RODRIGVE.

Que sa rage soit assouuie,
Qu'il tache d'éteindre mes feux ;
Mais malgré ses iniustes vœux
Ie puis conseruer mon enuie ;
Ma foy surmonte sa rigueur,
Chimene est mon obiet vainqueur,
Par sa loy tyrannique il peut m'oster la vie,
Mais non pas ton portrait du cœur.

CHIMENE.

Que sa rage soit assouuie,
Qu'il tache d'éteindre nos feux,
Mais malgré ses iniustes vœux
Ie dois conseruer mon enuie.
Ma foy surmonte sa rigueur,
Rodrigue est mon obiet vainqueur,
Ie sçay bien comme toy qu'on peut m'oster la vie
Mais non pas ton portrait du cœur.

D. RODRIGVE.

Qu'on me iuge digne de blâme
Dans l'excez de ma paßion,
I'auray la méme affection
Et le méme obiet de ma flamme.
Apres tous nos ennemis morts,
Apres de si nobles effors,
Le Roy me fait captif, mais sache que mon ame,
Est plus captiue que mon corps.

CHIMENE.

Qu'on me iuge digne de blâme
Dans l'excez de ma paßion,
I'auray la méme affection
Et le méme obiet de ma flamme:
Apres tous nos ennemis morts,
Apres de si nobles efforts,
Le Roy te fait captif, mais sache que mon ame
Est plus captiue que ton corps.

SCENE DEVXIESME.

D. ARIAS, D. RODRIGVE, CHIMENE.

D. ARIAS.

IL est temps detoufer ces vains suiets de plaintes,
Rapellez vos plasirs & banissez vos craintes.
C'est estre trop long-temps dans la captiuité,
Iouïssez pleinement de vôtre liberté.
Vos mal-heurs ont trainé toute vne populace
Qui vient par ses clameurs d'obtenir vostre grace,

D. RODRIGVE.

Cette grace Arias, est pour les criminels,
Et ie meriterois des tourmens eternels,
Si la moindre action m'auoit rendu coupable,
Qui peche contre vn Roy doit mourir miserable,
Mais dy quelle maxime ou bien quelle autre loy
Pût ainsi m'attirer la disgrace du Roy?
Ah! les Roys Arias, ont détranges maximes
Qui font souuent treuuer leurs pechez legitimes.

Cecy les authorise & dedans leurs erreurs
Tous leurs ressentimens sont détranges fureurs.
Pour regner surement il semble necessere
De se faire ainsi craindre & d'estre sanguinere
De batir sur du sang vn foible potentat
Et d'estre vicieux par maxime d'estat
Peut-estre quirrité du credit de mon pere
Il a craint pour nous deux quelque sort plus prospere.
M'ayant veu triompher de tous mes ennemis
Il a crû trebucher du thrône ou ie l'ay mis,
Et m'enuiant la gloire ou tu m'as veu parestre
Il a consideré ce que ie pouuois estre,
Qu'à la fin mes exploits causeroient mon orgueil,
Et que ie luy ferois de son thrône vn cercueil.
Mais suis-ie criminel pource qu'il me soupçonne?
Pour aimer tant l'honeur en veus-ie a sa Courône?
Luy mesme s'ofensa de mon humilité,
Et i'ay pris sans dessein l'apas qu'il m'a ietté.

D. ARIAS.

Le Roy dans le regret d'vne astion si pronte,
Vient d'embrasser Dom Diegue & cōfesser sa honte
Et nagueres l'Infante a fait voir clerement,
Qu'vn faux raport causa vôtre emprisonnement.
Il crût vn peu trop tost, son ame fut deceüe;
L'oreille le troubla de méme que la veuë.

Le mal qu'il vous a fait c'est lui qui le ressent
En vn mot il vous aime, & vous treuue inocent.

D. RODRIGVE.

Tu sçais bien que le temps de nostre mariage
Est tantôt expiré.

CHIMENE.

N'en dis pas dauantage.

D. RODRIGVE.

Le Roy de tous cotez doit me donner la paix
Autrement la prison m'est autant qu'vn Palais.
A quelle extremité reduiroit il mon ame
S'il empeschoit l'effet d'vne si iuste flamme?
Et que luy seruira de m'aller éblouir
D'vn tresor precieux, si ie n'en puis iouïr?
C'est de vous que dépend cette fortune extréme
Madame mō amour vous demande à vous méme.
Ne resistez plus tant c'est assez combatu,
Vos pleurs & vos ennuis preuuent vôtre vertu
En ce point seulement vous m'estes secourable
Et par là ie rencontre vn destin fauorable,
I'ay surmonté le More & tous nos ennemis,
Ils possedoient nos biens, ie les en ai demis,
Tout estoit en desordre, & soufrez que ie die,
Que seul i'ay mis la fin à cette Tragedie.

Que i'ai sauué le peuple, & l'Estat & le Roy,
Mais que vous en auez plus de gloire que moy.
Le desir de vous plere auoit cét auantage
Que luy seul aux combats échaufoit mon courage,
Releuoit mon espoir & mon cœur en tous lieux
Et portoit la fureur iusque dedans mes yeux,
Au moindre souuenir de ma gloire future
Ma force tout d'vn coup surpassoit ma nature,
J'afrontois les hazards, ie brauois le trepas,
Bref vous vainquites tout ou vous ne futes pas.
Car sans le seul espoir de posseder vos charmes
I'usse expiré cent fois au milieu des alarmes,
Et bien loin de chercher des moyens de guerir
I'usse voulu moy méme en chercher pour mourir.

CHIMENE.

Il est vray que le Roy prescriuit vne annee
Pour mon dueil legitime, & pour nostre Hymenée.
Ce temps est bien passé mais non pas ma douleur,
Laissez-moy plus long-temps soupirer ce mal-heur.
Vous sçauez mon amour, chacun la doit connetre,
Ie n'ay pû m'empescher de la faire parêtre,
Mais soufrez que le sang.

D, RODRIGVE.

N'acheue pas mon cœur,
Fais que l'espoir succede à ma premiere peur,

Apres

Apres que les ennuis ont fait palir tes roses,
Qu'ils ont fait sur ton corps tant de metamorphoses,
Que ton ame a senti de si viues douleurs,
Et qu'enfin tes beaux yeux ont versé tant de pleurs,
On ne peut desormais t'estimer insensible,
Aiant fait contre moi ce qui te fut possible.
Dans ce ressentiment tu demandas ma mort,
Ta colere irrita la rigueur de mon sort,
Tu voulus mon trépas dans l'honneur de te plére,
Ie t'obligai moi-mesme à le rendre exemplére,
Et lors que ta pitié me sembla secourir,
Ie fis dessein de viure, & ne crus pas mourir.
Mais dans l'état present c'est de ta seule enuie
Que dépend mon trépas, ou ma gloire, ou ma vie,
Enfin ta resistance, ou bien vn pront secours
Doit arrester mes maux, ou prolonger leur cours.

CHIMENE.

Ie ne te laisse point de matiere de craindre,
Mais tu doy confesser que mon mal est à plaindre,
Que l'honneur & le sang me contraignent d'agir
Contre vn feu qui me brule, & qui me fait rougir,
Et que pour dire tout la loi de la nature
Condannent mon esprit dedans cette auanture,

Mais malgré ces respects ta passion me plaist,
Et i'entretiens mon vœu tout iniuste qu'il est.

D. RODRIGVE.

C'est dedans ces plêsirs que mon ame se noie,
Mais tache d'augmenter, & ma gloire, & ma ioie.
Puis que tu veux flatter mes desirs amoureux,
Et que tu me cheris, rend moi donc plus heureux.
Banis de ton esprit tout ce qui m'importune,
Et ne reçule plus à ma bonne fortune.

CHIMENE.

Je n'y mettrai iamais aucun empeschement,
Ton interest me touche assez sensiblement.
Mais soufre pour le moins.

D. RODRIGVE.

Adorable Chimene,
Pour empescher ma mort tu dois finir ma pêne.
Fais parêtre auiourd'huy ta promesse & ta foy.

CHIMENE.

En tout cas ie dépends des volontez du Roy.

D. RODRIGVE.

Je vais le saluër dessus cette assurance,
Ce que i'aprehendois se tourne en esperance. bas.

SCENE TROISIESME.

L'INFANTE, D. SANCHE.

L'INFANTE.

T*OVS mes soins desormais sont pour finir les tiens.*
Il faudra s'il ce peut la mettre en tes liens,
Faire agréer l'Hymen ; & sur tout la contraindre
D'apreuuer ce brasier, que tu ne peus éteindre.
Cependant continuë ; & par ces mouuemens
Fais-toi iour si tu peux à tes contentemens :
Sois certain que tes vœux ne seront pas friuoles,
Si Chimene est d'humeur à crére à mes paroles.

Ie parlerai de toi si bien & si souuant,
Qu'elle t'estimera quelque bucher viuant.

D. SANCHE.

Pourois-ie bien, Madame, en cette attente haute,
Espérer le repos de celle qui me l'oste!
Poursuiure auec ardeur la chose qui me nuit!
Et tirer mon bon-heur de ce qui le détruit!
Deurois-je aussi Madame, en cette amour extréme,
Parler si librement de la beauté que i'aime?
En ceci mon esprit vous est-il point suspect?
Que direz-vous enfin de mon peu de respect?
Pour rendre mon amour, & ma gloire euidente,
Ce qui fut ma Princesse est donc ma confidente?
Madame pardonnez à cette liberté,
Je n'abuserai pas d'une telle bonté:
Au contraire bien loin d'en tirer auantage,
En vous obeissant, le manque de courage:
Ie suis de ces faueurs vn trop indigne objet,
Ie vous treuue Princesse, & ie me voi sujet,
Ma bassesse paroist prés de vôtre merite;
Vôtre naissance est grande, & la mienne est petite:
Et le pis en ceci m'obligant desormais,
Vous faites vn ingrat à force de bienfaits.

Entre ces mouuemens ie me sens tout confondre,
Je n'oserois me taire, & ie ne puis répondre.

L'INFANTE.

Adieu, songe à Chimene, & sur tout souuiens-toi,
Que ie trauaillerai de même que pour moi.

SCENE QVATRIESME

L'INFANTE seule.

SANS doute son amour doit seruir à la mienne
Il faut que ie l'augmente, & que ie l'entretienne,
Que ie treuue la fin des maux que i'ai soufers,
Que ie me fasse libre en détachant ses fers,
Et que malgré le Roy, qui condanne ma vie,
Je meure desormais dans ma premiere enuie.

Mes pleurs l'ont amoli, mes soupirs l'ont touché,
Il croit en m'acusant auoir fait vn peché,
Et de peur d'obscurcir nôtre parfaite gloire,
Il veut mal à ses sens, il blâme sa memoire,
Et dans le repentir d'vn pareil jugement,
Il me traitte depuis plus amoureusement.
Tout arriue à propos, voici venir Chimene.
Rendra-t'elle touiours mon esperance vaine?

SCENE CINQVIESME

L'INFANTE, CHIMENE.

L'INFANTE.

E*NFIN le Ciel vous aime auec vn tel excez,*
Que vos plus grands desirs ne sont pas sans succez.

CHIMENE.

I'ai touiours souhaité que l'état fut durable,

Que le sort à nos maux se montrât secourable,
Que le Ciel a iamés vous comblât de plêsirs,
Et qu'il me donnât lieu de faire vos desirs.

L'INFANTE.

Puis que vous le voulez il faut que je l'essaie,
Et vous me rauirez si la réponse est vraie.
Vous deuez donc ma fille en cette ocasion
Témoigner vos vertus & vôtre afection.
Songez-y bien sur tout, Rodrigue vous honore,
Vous sçauez d'autre part que Sanche vous a-
dore:
L'vn tua vôtre pere; & l'autre vous vanga,
L'vn fit naitre vos pleurs, l'autre vous soulaga.
Ce n'est pas le moien de finir sa misere,
Que d'épouser ainsi le boureau de son pere:
Il vous faut par raison guerir de cét erreur,
Et d'vn objet d'amour faire vn objet d'horreur.
Qui peut authoriser la noirceur de ce crime?
Et qui fera treuuer cette amour legitime?
Est-ce bien proceder que fonder son bon-heur?
Et chercher son repos au dépens de l'honneur?
Etoufez cette ardeur, & cette iniuste enuie,
Et tenez vôtre honneur plus cher que vôtre vie,
Malgré ces mouuemens i'aime ce qui vous
plaist,

Mais soufrez qu'en ceci i'aime vôtre interest.
Rodrigue a des apas, vous en faites du conte,
Mais faisant vôtre bien vous faites vôtre honte,
Et vous donnez suiet à la posterité
D'accuser iustement vostre infidelité.

CHIMENE.

Madame la raison qui condannoit ma flâme
A perdu tout l'efet qu'elle auoit sur mon ame,
Connessant mon amour, vous sçauez que ie doi
Conseruer mon honneur en conseruant ma foy,
Et méme par le Roy ie me vis obligée
De garder cette ardeur où i'estois engagée.

L'INFANTE.

Ici Rodrigue paroit, & l'Infante fait retirer Chimene pour lui faire ententre ce qui suit.

Tu penses que Rodrigue estime ta vertu,
Mais voi les mouuemens dont il est combatu.

SCENE

SCENE SIXIESME.

L'INFANTE, D. RODRIGVE.

L'INFANTE.

DEpuis les complimens dont vous m'auez traittée,
L'amour me suit par tout; i'en suis persecutée,
Et quoi que la raison s'opose à tous mes vœux,
L'hõneur & le respect n'étoufent point mes feux;
Et i'ai voulu banir ces noms de ma memoire,
Comme les principaux ennemis de ma gloire.
I'ai resisté long temps, mais enfin i'ai conclu
De vous voir sur mes sens vn pouuoir absolu,
Et qu'en vain desormais ie me voulois contraindre
Pour celuy que la terre a tant sujet de craindre.

D. RODRIGVE.

Madame cét honneur m'oblige infiniment,
Vous sçaurez à la fin que ie suis digne Amant.

L'INFANTE, en sortant dit ceci bas à Chimene.

Vous voiez apres tout que Rodrigue est fidelle,
Et qu'il faut conseruer vne flâme si belle.

SCENE SEPTIESME.

CHIMENE, D. RODRIGVE.

CHIMENE

VOVS sçaurez à la fin que ie suis digne Amant,
C'est comme il faut finir ou flatter mon tourment.
Poursuiuez Dom Rodrigue, & caressez l'Infante,
La couronne pour vous est vne douce attente.
Dites lui deuant moi pour son contentement,
Vous sçaurez à la fin que ie suis digne Amant.

Ah! Rodrigue infidelle, où sont ces assurances?
Que doiuent deuenir toutes mes esperances?
A quel point le destin ne met-il aujourd'hui,
Et que faut-il tenter pour croitre mon ennui?
Mon esperance est morte aussi bien que mon pere,
Ie pretends vôtre amour, & l'Infante l'espere,
Et puis vous me direz dans mon étonnement,
Vous sçaurez à la fin que ie suis digne Amant.
Enfin donc ie deuois par cette ingratitude
Tirer du repentir de mon inquietude,
Et iuger sainement vous voiant en prison,
Que vous estiez puni pour vne trahison.
Vsez bien du bon-heur que le Ciel vous presente,
Abandonnez Chimene, & reuerez l'Infante.
Dites-lui de nouueau pour son soulagement,
Vous sçaurez à la fin que ie suis digne Amant.
Et pour tout acheuer que l'on die en Castille
Que vous fites mourir, & le pere, & la fille,
Que l'vn receut vos coups, & l'autre vôtre cœur,
Mais qu'à la fin chacun sentit vôtre rigueur.
Croiez que vôtre bras n'aura pas cette gloire,
Et ie dois enuier vne telle victoire:
Vous verrez que l'honneur n'éteignit pas mes feus,
Mais que ie sçai mourir alors que ie te veux.

D. RODRIGVE.

Ne me condannez pas pour vn si long silence,
Et n'vsez pas sur vous de cette violence.
Vous n'auez pas sujet de vous mettre en couroux,
Ce que ie lui disois ie l'entendois de vous:
Le Ciel en est témoing, & mon cœur le coniure,
Si ce discours n'est vrai de vanger cette iniure,
Ie ne le puis nier; i'ay dit subtilement,
Vous sçaurez à la fin que ie suis digne Amant.
Mais c'est de vous, Madame, & non pas de l'Infante,
Vous estes mon desir, & ma derniere attente,
Et si vous resisté à cette verité,
Mon trépas doit aprendre à la posterité.

CHIMENE.

C'est dessus vos sermens que i'établis mon aise,
Et ce qui m'afligoit maintenant me rapaise,
De même qu'vn seul mot suffit à me guerir,
Aussi n'en faut-il qu'vn pour me faire mourir.
Ie pense qu'en ceci mon bon-heur est extrême.
Et ie croi tout de vous, pource que ie vous aime.
La crainte maintenant me mettoit au cercueil,
Et l'espoir maintenant vient de changer mon dueil.

Entre deux mouuemens & d'espoir, & de crainte,
Ie pousse des soupirs, & ie finis ma plainte.
L'vn me met aux enfers, & l'autre dans le Ciel;
L'vn m'ofre des douceurs, l'autre m'ofre du fiel:
Ces deux gênent mes sens, & combatent mon ame,
L'vn nourit mon brasier, & l'autre éteint ma flâme,
Et dedans ces combats d'esperance & de peur,
Le sort me fait touiours l'obiet de sa rigueur.

D. RODRIGVE.

Peut-estre qu'en ce iour finirons-nous ces pênes,
Et que nous sentirons de plus aimables chaines.
Le Roy dans le regret de ma captiuité,
Veut me donner Chimene auec ma liberté:
Raui d'vne fortune & si douce & si belle,
I'en ai voulu premier aporter la nouuelle,
Et coniurer ton cœur de ne differer pas
Ce moment qui peut seul differer mon trépas.

CHIMENE.

La volonté du Roy m'est vne grande amorce.

D. RODRIGVE.

Pour me plêre sur tout n'obeïs pas par force.

CHIMENE.

Voici venir Dom Sanche, adieu pour vn moment.

D. RODRIGVE.

Vous sçaurez à la fin que ie suis digne Amant.

SCENE HVICTIESME.

D. SANCHE, D. RODRIGVE.

D. SANCHE.

O Ciel ie voi qu'enfin ma passion l'irrite,
Auec cette beauté l'esperance me quitte.
Ie la suy vainement; ses iniustes mépris
Laissent le desespoir à mes foibles esprits:
Tout est perdu pour moi, sa haine est découuerte,
Et ne la voyant plus ie ne voi que ma perte.
Mais la suiure pourquoi! c'est suiure mon malheur,

C'est courir au poignard qui me perce le cœur,
C'est chercher le poison qui vient croitre ma pene,
Et prier le boureau qui me donne la gêne.
Dans ces tristes pensers où me voi-ie reduit!
I'aime ce qui me hait, ie suy ce qui me fuit,
I'adore l'ennemi qui n'en veut qu'à ma vie,
Ie lui suis en horreur, & i'en fais mon enuie.
Auiourd'hui mon mal-heur est-il pas sans égal,
Si ie fais mon plêsir de ce qui fait mon mal?
Et toy puissant guerrier, Rodrigue redoutable,
Qui connois ma constance, & mon sort lamentable:
Voiant mon desespoir, ne sois pas étonné,
Si ie dispute encor ce que tu m'as donné!
Ma mort est plus honneste & beaucoup plus humaine,
En venant de ta main que des yeux de Chimene.
Tu punis, acheuant ma vie & mes trauaux,
Tes plus grands ennemis, & tes plus grands riuaux.

D. Sanche met ici la main à l'épée.

D. RODRIGVE.

Quoi n'est-ce pas assez? Dom Sanche est-il possible
Qu'à ce dernier bienfait on vous treuue insensible?
Pour la seconde fois vous me voiez vainqueur.

D. Rodrigue desarme D. Sanche.

D. SANCHE.

Auoir si peu d'adresse auecque tant de cœur!
O Dieux qu'à de malheurs ma fortune est soumise!
Que ie reüssi bien dedans chaque entreprise!

SCENE NEVFIESME

L'INFANTE, D. SANCHE, D. RODRIGVE.

L'INFANTE.

QVE songez-vous Rodrigue.

D. SANCHE.

Il n'en faut plus douter,
Chimene & ce guerrier sont bien à redouter.
L'vn a le bras puissant, l'autre a d'étranges charmes,
Et tous deux ont touiours d'ineuitables armes.

D. RO-

D. RODRIGVE.

Il m'estoit bien aisé de lui donner la loy,
Car l'honneur & l'amour ont combatu pour moi.
Chimene m'animoit.

L'INFANTE.

Quoi ie suis méprisée!
Et ie suis à Rodrigue vn objet de risée?
Ah! ces desseins pour toi sont tous pernicieux,
Ta chimene auiourd'hui doit perir à mes yeux.
Pour vanger cét afront ie veux estre cruelle,
Et rendre par sa mort ta douleur immortelle.
L'immoler à ma haine, & dans cette rigueur
Luy percer de ma main, & lui tirer le cœur.
I'y vole de ce pas; mais Chimene s'aduance,
Dom Diegue la conduit, & le Roy la deuance.

SCENE DERNIERE.

LE ROY, D. RODRIGVE, L'INFANTE.
D. SANCHE, D. DIEGVE, CHIMENE.

LE ROY.

Rodrigue finissez vôtre sort rigoureux,
Ce iour acheuera vos desseins amoureux.

O

Poursuiuez, grand Heros, vôtre insigne victoire
Commence mes plêsirs, commençant vôtre gloire.
Nôtre guerre est finie, & l'astre du mal-heur,
Ne sçait plus irriter vôtre extréme valeur.

D. RODRIGVE.

N'atendez pas de moy quelque longue harangue.
Mais sçachez que ce bras fait bien mieux que ma langue,
Et que tous mes desseins butteront desormais
A vous faire iouir d'vne eternelle paix.

L'INFANTE.

Ce changement doit-il apaiser ma colere, Elle dit ceci bas.
Que puis-ie plus tenter, Chimene est son salère.

D. SANCHE.

Hé Madame nos maux auront leur guerison
Par le temps, par la mort, ou bien par la raison.

LE ROY, dit ceci à Chimene.

Oui ma fille, Il est temps d'acheuer la iournée.
Par vne telle ioie, & par vôtre Hymenée,
Triomphez de vos maux, & que ce grand vainqueur
Ait auiourd'hui l'honneur de gaigner vôtre cœur.

A ses feux violens n'oposez plus de glace,
Et ne differez plus à lui rendre la place.

D. DIEGVE.

Cette gloire est la fin de son ambition,
Et Madame la doit à son afection.

CHIMENE.

Mais, Sire, permettez.

LE ROY.

Ce que ie vous conseille
Doit charmer vôtre esprit, & flatter vôtre veille,
La loi que ie vous donne est vne douce loi,
Considerez Rodrigue, & le temps, & le Roy.

D. SANCHE.

Cette possession étoufe mon attente, bas.

L'INFANTE.

Il faut donc aprés tout que mon cœur se cōtente. bas.

CHIMENE.

Que vôtre Majesté considere pourtant.

LE ROY.

Non paroissez constante, ou Rodrigue est constāt,

Finissez vos ennuis, ne versez plus de larmes,
Que le sort contre vous n'ait desormais plus d'armes.
Il dit ceci à Rodrigue.
Ie sçai bien ce qu'on doit à vos nobles trauaux,
Aussi pourai-je en peu recompenser vos maux.

D. RORIGVE.

Grand Roy tous mes trauaux ont eu leur recompense,
Et si i'en demandois ie serois vne ofense.
Tous les biens desormais me seront superflus,
Car apres celui-ci ie n'en demande plus.
Madame vos bontez m'ostent des mains des Parques,
Et me font plus heureux que les plus grands Monarques,
Ie meritois sans doute vn sort moins glorieux,
Je m'estimois par tout indigne de vos yeux.
Helas! vôtre pitié dans vn si grand orage
Me presente le port, où i'ai cru mon naufrage,
Vous en estes loüable, & c'est resçusciter
Que de donner la vie alors qu'on peut l'oster.

Fin de la suitte & du Mariage du Cid.

www.ingramcontent.com/pod-product-compliance
Lightning Source LLC
LaVergne TN
LVHW020334230826
846091LV00003B/864

* 9 7 8 2 0 1 9 6 9 5 7 4 3 *